目次

章扉挿画　北見隆

つきまとわれて

今邑 彩

中公文庫

おまえが犯人だ
WHICH DO YOU LIKE?
R. B.

「それじゃ、ぼくはそろそろ――」

重苦しい沈黙に耐えかねたように、山内三樹夫はそう言って、リビングのソファから立ち上がりかけた。

有紀子の葬儀の夜だった。時刻はすでに零時になろうとしている。

山内は、漫画家をしている私のアシスタントで、この仕事場を兼ねた自宅から、歩いて二十分くらいのところにアパートを借りて住んでいた。

「あ、山内君、ちょっと」

そそくさと帰り支度をはじめた彼を見て、ようやくあの話をする決心のついた私は慌てて引きとめた。

「きみと二人きりで話があるんだが」

私は、もう一人のアシスタント、持田泰士《やすし》の方をちらと見ながら言った。持田は口に運びかけたウイスキーグラスの縁越しにはっとした視線を私に返してよこした。

「ここじゃなんだから――」

私は煙草をつかんで立ち上がった。

「有紀子の部屋で話そうか」

山内は、上着に片袖を通しかけたまま、口の中で「はあ」とつぶやいた。

「あの先生、ぼくなら部屋に引き取りますが」

持田が気をきかせて腰を浮かしかけた。通いの山内と違って、彼の方は住み込みだった。

私は片手を振って、

「いや、いいんだよ。この話は有紀子の部屋でないとできないから」

そう言い捨てるなり、リビングをさっさと出た。玄関横手の階段を上る。妹の部屋は二階にあった。山内は黙って私のあとについて来た。

妹の部屋に入り、山内が入ったのを確認すると、私はドアを閉め、鍵をかけた。

山内はそんな私をやや驚いたような目で見ていた。

「誰にも邪魔されたくないんでね」

私は弁解するように、かすかに笑ってみせた。

山内は耳を伏せた忠犬のような顔つきで入り口のところに突っ立っていた。私はすぐには話を切り出さず、有紀子が子供の頃から使っていた勉強机の椅子に腰掛けると、懐から煙草を取り出し、一本くわえて火をつけた。

「あのう、話というのは――」

私が黙って煙草をふかすばかりで、いっこうに話を切り出さないので、山内は痺れを切らしたようにたずねた。

「まあ、突っ立ってないで、そこに座ったらどうだ」

私は言った。山内は、「はあ」と言って、サイドテーブルの椅子に腰掛けた。

「話というのは、言うまでもなくあの事件のことだよ」

私は椅子から立ち上がり、窓を開けると、喫い切った煙草を外に投げ捨てながら、ようやく口火を切った。

「刑事の話だと、青酸カリは赤い包み紙のチョコレート全部に仕込まれていたそうだ」

「全部にですか？　有紀子さんが食べたのだけでなく？」

振り返って見ると、山内は不安そうな面持ちで私を見返していた。

「赤いやつ全部だそうだ。青い包み紙の方には毒は入っていなかったらしい」

「そうですか……」

山内は溜息のような声を漏らした。

「きみも持田も命拾いしたな、青い方に手を出したおかげで」

そう言うと、山内は複雑な表情で黙っていた。

「あのチョコレートケースを送ってきた犯人の目星はついたんですか。先生のファンだという戸田尚子という女性は実在したんでしょうか」

山内はひび割れた薄い唇をなめながら言った。

「いや。警察の調べだと、戸田という女は実在していなかったそうだ。差出人のところに書かれた住所もでたらめだったらしい」

「ということは、やはり、先生のファンを装って、誰かが先生を毒殺しようとしたのは間違いないんですね」

私はそれには答えず、また椅子に座った。

回転椅子はギシリと音をたてた。

私の家に赤と青の綺麗なストライプの包装紙に包まれたチョコレートケースが送り付けられてきたのは、二月十四日、つまりバレンタインデーの午後のことだった。私宛になっていた。

差出人は戸田尚子とあった。住所もちゃんと書かれていた。ワープロで打たれた手紙が添えられており、そこには、戸田という女性が私の大ファンだということが熱っぽい文章で綴られていた。

この種のファンレターや贈り物が届くのは珍しくなかったから、私はさほど不審にも思わず、そのチョコレートケースを妹の有紀子にやってしまった。私は辛党で、チョコレートの類いは苦手だったからだ。

有紀子はちょうど三時のお茶うけにと、山内や持田を呼んで、チョコレートケースを開けた。中には、赤と青の包み紙に包まれた鶉《うずら》の卵くらいの大きさのチョコレートが並んでいた。

コーヒーを飲みながら、彼らはチョコレートに手を出した。有紀子はまっさきに赤い包み紙のチョコレートをつまんだ。

山内と持田は青いのを取った。

それまで楽しげにおしゃべりをしていた有紀子が喉を掻《か》き毟《むし》って苦しみ出したのは、赤い包みのチョコレートを口に入れた直後だった――。

「ねえ、山内君」

私は煙草をもう一本抜き取りながら、なるべくさりげない声で言った。声が震えないように気をつけながら。

「犯人はなぜ赤い包み紙のチョコレートにだけ毒を仕込んだのだと思う?」

「さあ……」

山内は曖昧な顔つきで首をかしげかけたが、「警告のつもり、でしょうか」と自信なさそうに答えた。

「警告?」

私は抜き取った煙草に火はつけず、手の中で弄《もてあそ》びながら、山内の顔をじっと見詰めた。

「ええ。ふつう、赤は危険、青は安全の意味を表しますよね。だから、犯人は危険を示す赤い包み紙の方にだけ毒を仕込んだのではないでしょうか」

「これから毒殺しようという相手に警告するというのも妙な話だね」

私はすぐに言い返した。

「それはまあ。でも一種のブラックジョークのつもりだったかも」

山内はやはり自信なさそうな口ぶりでそう反論した。

「ブラックジョークか。なるほどね。そういう考え方もできないことはないかな」

私は一応納得したような顔をしてみせ、

「しかし、他にも考えられないか。犯人が赤いチョコレートにだけ毒を仕込んだ理由を？」

さらに追及した。

「他に、ですか」

山内は答えに窮したように、額に手をあて、考えこんでしまった。

「この部屋を見て、何か感じることはないか」

私はふいにそう言ってやった。山内は弾かれたように俯いていた顔をあげた。

「この部屋？」

「そうだ。この部屋だ。この部屋だけじゃない。きみは有紀子と四月には結婚するはずだった。それほど親しかったんだから、きみだって、気が付いていたはずだ」

「……」

山内はうっすらと口を開けて、私の顔を穴が開くほど見詰めていた。端整な彼の顔がこんな表情をすると、救いようのない間抜けに見えた。

「赤だよ」

「え」

「この部屋には赤が多い。そうは思わないか」

山内はまるではじめて見たような顔で、きょろきょろとあたりを見回した。

「そういえば――」

ベッドカバーは赤とピンクのストライプ模様。ハンガーに吊された、もはや持ち主を失ったハーフコートは赤。ショルダーバッグも赤だった。ざっと見回しただけでも、赤い色彩が幾つも目に飛び込んでくる。

「有紀子は赤が好きだった。そこの洋服箪笥を開けてみたまえ。三分の二が赤系統の服だ」

「ええ、たしかに、有紀子さんは赤が好きだったようですね。それはぼくも気が付いていました。でも、それが――」

山内は強張《こわば》った表情でそう言いかけた。

「犯人は有紀子が赤が好きなのを知っていたのではないだろうか。だから、赤い包み紙のチョコレートだけに毒を仕込んだのだ」

＊

「せ、先生。そ、それじゃ、まさか――」

山内三樹夫はごくんと喉仏《のどぼとけ》を動かしてから言った。

「あのチョコレートは先生じゃなくて、有紀子さんを毒殺するために送られてきたとおっしゃるんですか」

信じられないという目で私を見た。

「そうは考えられないだろうか。チョコレートの宛名がおれ宛だったからといって、必ずしもおれが目当てだったのではないかもしれない。もし、犯人がおれのファンとまで言わなくても、おれのことを多少とも知っている人間だったら、おれが辛党で甘いものは全く駄目だというのも知っていたはずだと思わないか。おれを毒殺する気なら、チョコレートなんか使わないんじゃないだろうか。あれは最初からおれではなくて、有紀子に食べさせるのが目的だったような気がしてならないのだ。だから、赤の好きな有紀子がすぐに手を出すように、赤い包み紙の方にだけ毒を仕込んだ――」

「そ、そんなこと、ぼくには考えられません。だって、誰が一体、あんな有紀子さんみたいな可愛い人を毒殺しようと思いつくんですか。あの人が殺されるほど人の恨みを買っていたなんて、とても信じられませんよ」

山内は口の端に泡をためてそう抗議した。

「おれだってそう思うさ。でも、いくら有紀子が気立ての良い娘だったからと言っても、どこでどう他人の恨みを買っていたか知れたものではない。それに、世の中には、逆恨みというものもある。あるいは、可愛さあまって、憎さ百倍ということも」

山内の目がはっとしたように見開かれた。

「有紀子はこの春大学を卒業したら、きみと結婚するはずだった。それを快く思わない人間がいたとしたらどうだろう？　その男は――おれは犯人は男だと思えてならないんだが――有紀子にひそかに思いを寄せていたのかもしれない。しかし、有紀子はきみと結婚して自分の手の届かないところに行ってしまう。そうなる前に、いっそ自分の手で、とその男は考えた――」

「ば、馬鹿な」

口では打ち消しながらも、山内の顔は青ざめていた。何か察したような顔だった。やはり、彼には心あたりがあるようだ。

「きみには心あたりはないか」

私は山内の顔をじっと見詰めたまま、思い切ってたずねた。

「い、いや、何も」

山内は弱々しく首を振った。

「彼をかばっているのか」

私は低い声でささやいた。

「え」

「彼だよ」

「だ、誰のことを言ってるんですか」

「誰のことを言っているか、きみには分かっていると思うが」

私たちの間で短い沈黙があった。

「それに――」

沈黙を破ったのは私の方だった。私は火をつけない煙草を手の中で弄びながら続けた。

「犯人が赤い包み紙の方だけに毒を仕込んだのは、もうひとつ、そうしなければならない切実な理由があったからだと思うんだ」

「もうひとつの理由？」

山内は掠《かす》れた声で聞き返した。

「そう。もうひとつの理由だ」

私は確信を持って頷いた。私は自分の推理に絶対的な自信を持っていた。あれをこの部屋で見付けたときから、私には犯人の見当がついていたのだ。

「な、何ですか。そのもうひとつの理由というのは？」

「それはね、犯人自身が間違って毒を仕込んだチョコレートを口にしないためだったんだ」

＊

山内はぎょっとしたような目で私を見ていた。

「そ、それはどういう意味ですか」

「言っている意味が分からないかね」

「ぼ、ぼくには何のことやら」

「つまり、犯人はどのチョコレートに毒が入っているか印をつけておく必要があったんだよ。ひょっとしたら、自分もそのチョコレートを食べるはめになるかもしれないからな」

「せ、先生っ」

山内は悲鳴のような声をあげた。

「な、何をおっしゃってるんですか。そ、そんな言い方をすると、ま、まるで、この家の中に犯人がいるみたいに聞こえるじゃないですか」

「この家の中にいるんだよ、犯人は」

私はきっぱり言ってやった。

私と山内ははじめて出会った者同士のように、無言で互いの顔を目で探りあった。

「ま、まさか、持田が？」

山内は掠れきった声でたずねた。

私は黙って頷いた。

「彼が有紀子さんを毒殺した犯人だって言うんですか」

「持田はこの家に来たときから、有紀子に思いを寄せていたようだ。ああいう男だから、口や態度にはけっして出さなかったが、おれにはなんとなくピンときたよ」

私は言った。

持田泰士が私の家に来たのは、今から五年前のことだった。彼はまだそのとき富山の高校に通う学生だった。たまたまあるコミック誌に載った私の作品を読んで大感銘を受け、学業を中途でなげうって、弟子にしてくれと、家出同然の恰好で私の家のチャイムを鳴らしたのだ。

野良犬のように痩せこけた、目だけが異様にギラギラ光った少年だった。高校生と知って、一度は追い返したものの、持田はあきらめなかった。飲まず食わずで玄関の前に丸二日間も座り続け、とうとう根負けした私が、郷里の両親と話をつけ、彼をアシスタントとして雇い入れたというわけだった。

大学出の山内がアシスタントになったのは、その半年後のことである。

「持田の性格はきみも知ってるだろう。マニアックというか、好きなものに対するあいつの情熱には常軌を逸したところがある」

私は続けた。

「え、ええ」

山内は渋々という風に頷いた。

「漫画のためなら、二日でも三日でも平気で徹夜のできるやつだ。もし、あんな情熱を、ひそかに有紀子に向けていたとしたらどうだろう」

「で、でも、彼はぼくと有紀子さんのことを知ると、とても喜んでくれましたよ。それに、もうすぐ彼も一人立ちして、デビューできるようになったから、それを兼ねてささやかなお祝いでもしようかと言ってくれたほどです」

　山内は力のない声で言った。

「そんなのは表向きだよ。彼は、本当はきみたちが結婚することにショックを受けていたんだ」

「そ、そんな……」

「前にこんな話を聞いたことがある。彼が子供の頃、学校帰りに拾ってきた子犬を、親に飼ってはいけないと言われて、自分で飼えないならいっそと、その子犬を川に沈めて殺してしまったと――」

「……」

「やつにとっては、有紀子もあの子犬と同じようなものだったんだ。自分のものにならないなら、いっそ――そう思ったに違いない。それで、バレンタインデーを利用して、あんな毒入りチョコレートをおれ宛に送り、甘いものが嫌いなおれがあれを有紀子にやってしまうのを見込んで、有紀子を葬り去ろうとしたのだ。どうだ。こんな推理は間違っていると思うか」

「い、いいえ。そう言われてみれば、持田が有紀子さんに関心を持っているようなのは、ぼくも薄々気が付いていました。有紀子さんはあの通り、綺麗で魅力的な人でしたから、持田のような変わり者でも心惹かれたのは当然だと思いますが、でも、まさか、そこまで思い詰めていたなんて」

　山内は神妙にしかめた顔で言った。

「ぼくにはとても信じられませんが、でも、先生の推理もまんざら見当違いという風には思えません……」

　山内は最終的には私の推理を受け入れたようなことをそれとなくほのめかした。

「それじゃ、きみも持田が怪しいと思うんだな？」

　私は念を押した。

「い、いや、ぼくはべつに。ただ、先生の推理にも一理あると思っただけで」

　相変わらず優等生的な態度を崩さないやつだ、と私は腹の中で苦笑した。彼の言うことはいつもあたりさわりのないものだった。毒にも薬にもならない。ちょうど彼の描く漫画のように。

「それで、先生、そのことをもう警察には？」

　山内はまた唇をなめながらたずねた。

「まだ話してない。警察では、有紀子はおれの身代わりになって死んだと思っているようだ。そのうち折をみて話そうかと思っていたんだが——」

私はそこで黙った。実は今までの話は前おきにすぎなかった。肝心なのはこれから話すことだった。私はそれを話すべく、少し呼吸を整えた。

山内は忠犬の表情を顔にへばりつけたまま、じっとかたまって、私がしゃべり出すのを待っていた。

「実を言うと、今話したことは、昨日までおれが考えていたことなんだよ」

私は息を吸い込むとそう言った。声が幾分大きくなっていた。

「昨日まで？」

山内は拍子抜けしたように、ポカンと口を開けた。

「昨夜、というか、今日の明け方かな。あれをこの部屋で見付けるまでは、おれは今きみにしゃべったような疑いを抱いていた。有紀子を殺したのは持田ではないかとね」

私は山内の目の中をじっとのぞきこみながら続けた。

「そ、それでは、今はそうではないとおっしゃるのですか」

「うん。有紀子を殺したのは持田ではなかったのかもしれないと思いはじめている。犯人はべつにいる。その人間にも妹を殺す動機があったことを今朝がた、あれを見て、はじめて思いあたったんだ」

「だ、誰です。その、有紀子さんを殺す動機を持った人間というのは？」

山内は絞め殺されかけた鶏みたいな声をあげた。

「それが誰だか、きみには見当がつかないか」

私は山内の目から視線をそらさずにそう言った。

山内は何も答えず、脅えたような目で私を見返していた。

「さ、さあ」

「それはね」

私はゆっくりと言った。

「きみだよ」

＊

「ぼく？」

山内三樹夫の顔が歪んで、泣き笑いのような表情になった。

「そうだ。きみだよ」

私は平然として言ってのけた。

「ぼくが、このぼくが有紀子さんを殺そうとしたと言うんですか」

「殺そうとした、じゃなくて、殺したんだよ」

「なぜです？」

山内の声はかなきり声に近かった。

「なぜ、ぼくが有紀子さんを殺さなくちゃならないんです。ぼくと彼女はもうすぐ結婚するはずだったんですよ。ぼくは彼女を愛していたんです。彼女の方だってぼくを。それをなぜ――」

興奮のあまりか、山内はそこまで甲高い声で言って、いきなり咳こんだ。

「動機はこれだ」

私は机の一番下の引き出しを探って、一冊の大学ノートを取り出すと、それを山内に渡した。

真っ赤な顔で咳こみながら、山内はノートを受け取った。

「こ、これは何です」

「有紀子の日記だ」

私は言った。

「昨日の夜、床についてもどうしても眠れなくて、この部屋に来たんだ。おれには妹が死んだという事実がまだ実感できなかった。それで、夜が明けるまで、この部屋で妹の遺品を手に取って眺めたりしていた。そのうち、机の引き出しの奥からそれを見付けたんだ。読んでみると日記だった。毎日というわけではないが、有紀子は気が向いたときに、そのノートにその日あったことや、自分の心情などを書き綴っていたらしい。おれはそれをボンヤリ読んでいるうちに、とんでもないことに気付いたんだよ。読んでみるがいい。そこに、きみが有紀子を殺したかもしれないとおれが疑う動機について、ちゃんと書いてある。

一番最後の頁だ」

山内はもどかしそうな手つきで、ノートの最後の方を開くと、噛みつきそうな目をして読み始めた。

やがて彼は顔をあげた。目がうつろだった。

「嘘だ。こんなこと、嘘だ」

山内はうわごとみたいにそう呟いた。

「そこに書いてあるだろう。有紀子は、きみとの結婚が決まってしばらくは、幸せに酔いしれる乙女心をめんめんと書き綴っている。しかし、最後の頁だけは違う。きみとの結婚が具体化されるにつれて、有紀子は迷いはじめていたのだ。自分が愛しているのは本当に山内三樹夫なのだろうか、とね。そして、迷いに迷った末に、妹は気が付いたんだよ。彼女が愛していたのは、きみではなく、持田の方だったということに――」

山内の顔がすーと青くなった。気味悪いほど青ざめた顔になると、今まで見たこともないような凄い目で私を睨《にら》んだ。

「有紀子はたぶん、きみの容姿にひかれたんだろう。きみは背も高いし、なかなか男前だ。容貌に関しては、きみと持田は月とスッポンと言ってもいい。おまけに、きみは大学をちゃんと出ている。いっぽう、持田の方は高校中退が最終学歴だ。有紀子はきみに恋したというより、恋に恋していたんだよ。ところが、結婚が決まり、その挙式の日が刻々と近付いてくるうちに、有紀子はようやく、自分が本当に愛していたのは誰だったか、自分の心の奥底をのぞきこむことができたんだ。本当は持田泰士の方を愛していたとね。そのことが土壇場にきて分かったんだよ。最後の頁を読むと、有紀子は悩んだ末に、きみに全てを打ち明けるつもりだと書いてある。その頁の日付が、ちょうどあの事件の起こる一週間前だ。きみは有紀子から打ち明けられたんだろう？　それでショックを受けた。当たり前だ。親や親戚にも知らせて、着々と結婚準備を整えていたきみにとって、有紀子の告白は寝耳に水のようなものだったに違いない」

「ぼ、ぼくは何も聞いていない」

山内は叫ぶように言った。

私は無視して続けた。

「きみはまさか漫画の才能以外で持田に負けるとは思ってもいなかったんだろう。だから、よけい、有紀子の告白に衝撃を受けたに違いない。有紀子を恨み、持田を呪った。持田は漫画家としての華々しいデビューを約束されただけじゃない。有紀子の心まで手にいれていたと知ったきみは、二人に復讐することを思い付いた。自分のプライドを保つために。あんな毒入りチョコレートを思い付いたのは、有紀子だけではなく、もしかしたら持田をも殺すことができると考えたからではないのか。あのとき、たまたま持田は青い方のチョコレートを選んでいたが、彼が赤い方を選ぶ可能性も充分あったんだからな――」

「あ、あんまりです。先生、それはひどい。ぼくが有紀子さんを殺そうとしただなんて。それに、ぼくは有紀子さんから何も聞いていない。彼女が持田の方を愛していたなんて。そんなことはありえない。有紀子さんは持田を薄気味悪がっていたんです。持田が早く先生のアシスタントを辞めて、一人立ちして、この家から出て行ってくれるのを誰よりも望んでいたのは彼女だったんです」

　山内は必死の形相で訴えた。

「それは、有紀子がまだ恋に恋して、自分の本当の心が見えていなかった頃の話だよ。有紀子は勘違いしていたんだ。持田を嫌っているのではなく、本当は愛していたんだってことに気が付かなかったんだ」

「そ、そんなの、絶対にありえない。あの有紀子さんが持田を愛していたなんて。それに、ぼくが有紀子さんからそんな告白を受けたと、どうして言い切れるんです？　何か証拠でもあるんですか」

　山内は青ざめたまま、勝ち誇ったように言った。

「いや、証拠はない」

　私は不承不承そう答えた。

「その日記に書いてあるのは、『明日、山内さんに会ったら、この気持ちを思い切って打ち明けよう』という有紀子の決心でしかない。有紀子はなぜか、そのあとのことを書かなかった。きみに果たして持田のことを打ち明けたのか、打ち明けなかったのか。何も書き残さないまま死んでしまった。今となっては、あのあとに何があったか、知っているのは有紀子ときみだけ。真相は藪《やぶ》の中というわけだ」

私は腕組みして、唸《うな》るようにそう言った。

「何も書き残さなかったはずですよ。有紀子さんはそんな告白なんかしなかったんだから」

山内は歯を剝き出した。

「最後に二人きりで会ったとき、彼女はいつもと少しも変わらなかった。ぼくとのデートを心の底から楽しんでいるように見えた。将来のこととかを、あれこれ空想して話していたんです」

「おれもきみの話の方を信じたいがね、いかんせん、有紀子の日記にはこうして、持田への愛が切々と綴られているのだ……」

「せ、先生。まさか、この日記を警察に？」

見せるつもりかというように、山内は私に詰め寄った。

「いや、その気はない。今言ったように、これが事件を解決する物的証拠になるとはとても思えないしね。ただ、分かったのは、有紀子が持田を愛していたこと、そのためにきみとの結婚をとりやめようとしていたこと、そして、そのことで、きみにも、有紀子を殺す動機があったかもしれないってことだけさ」

　私が日記を警察に見せないと言ったことでほっとしたのか、山内の顔が幾分和らいだように見えた。

「あの事件に関しては警察にすべてを任せようと思っている。それに、今した話はすべておれの妄想で、やっぱり、あのチョコレートはおれを恨んでいる誰かが送り付けてきたのかもしれないしな。人から恨まれるという点では、おれは人後に落ちない方だから」

　私はそう言って、やや卑屈に笑った。

「でも、もし、おれの推理が的はずれでなかったとしたら、きみが自分でこれからどうするか決めて欲しい。警察に自首するもよし、あるいは――」

　そう言いかけて、私は言葉を飲み込んだ。山内がいきなり立ち上がったからだ。

「すべては先生の妄想にすぎません。ぼくは何もしていないんですから。お話がこれだけなら、もう失礼します」

　山内は冷たい口調でそれだけ言うと、有紀子の日記を傍らに投げ出すように置いて、ドアの方に歩いて行った。

　ドアを開け、私の方に振り向くとさらにこうつけ加えた。

「そこまで先生に疑われていると分かった以上、もう先生のアシスタントを続けるわけにはいきません」

「そうするしかないでしょう。よりにもよって、有紀子さんを殺した犯人だと思われているなんて」

「辞めるつもりか」

「そうか。仕方がないな」

私はつぶやくように言った。この話をしようと決心したときから、山内がこう言い出すだろうとは予想していた。

「どうも長い間、お世話になりました」

私の義弟になるはずだった男は、ペコンと頭をさげると、ドアの向こうに消えた。

バタンと殊更に強く閉められたドアの音を聞きながら、私は思っていた。

言うべきことはすべて言った。あとは彼の出方を待つだけだ……。

＊

彼が死んだのは、それから一カ月後のことだった。服毒自殺だった。飲んだのは青酸カリで、チョコレートに仕込んだものの残りを隠しもっていたらしい。

枕元には直筆の遺書があった。そこには、有紀子を殺したのは自分であると告白されていた。

やっぱり、こちらの方法をとったのか。

彼の死顔——青酸性の毒物を飲んで死んだわりには、安らかで満足そうな微笑さえ浮かべていた――を見ながら、私はそう思った。

自首するか、自殺するか。彼の性格からして、選ぶ道は二つに一つだとは思っていたのだが……。

その後の警察の調べで、遺書の筆跡は間違いなく彼のものであること、また、青酸カリはメッキ工場に勤める彼の中学時代の同級生から手に入れたものであることが確認された。

やはり、私の推理したように、有紀子を殺したのは彼だったのだ。

そして、今、私は有紀子が好きだった雛菊の花束を持って、両親と共に眠る妹の墓に来ている。

花束を供え、両手を合わせてから、私は声には出さずに、亡き妹に話しかけた。

有紀子。おまえを殺した男が自殺したよ。おれはおまえの復讐を果たしたんだ。これで、おまえも安らかに眠ってくれるね……。

「先生」

背後から声がかかった。私はゆっくり振り向いた。出版社の名前の入った茶封筒を抱えた男が立っていた。

「お変わりありませんか」

男は、幾分懐かしそうに言った。

「ああ、変わりないよ。きみも元気そうじゃないか」

私は立ち上がりながら笑いかけた。

「おかげさまで」

「きみも有紀子の墓参りか？」

私がたずねると、

「ええ。ちょうどこの近くまで原稿取りに来たものですから、ついでと言ってはなんですが——」

「出版社の方はどうだね」

「まあなんとかやってます。ぼくには漫画家よりも編集者の方が向いているのかもしれません」

「そういえば、きみ、結婚するんだって？」

「ええ、あのあと、親の薦《すす》めで見合いしたんです」

「それはおめでとう」

「いや……」

山内三樹夫は照れたように頭を掻いた。

「あの節はきみにはひどいことを言ってしまったね」

私は言った。

山内の顔が途端に悲しげになった。

「いえ、もういいんです。でも、あのときの先生の推理は半分は当たっていたことになりますね。有紀子さんを殺したのはやっぱり持田だったんだから」

「ああ、そうだね……」

「馬鹿なやつだな。有紀子さんが本当はぼくではなくて、彼の方を愛していたとも知らずに、早まったことをして——」

　山内は吐き捨てるように呟いた。

「きみは今でもそう思っているのか」

　私は沈黙のあと、そうたずねてみた。

「え」

　山内はきょとんとした目で私を見た。

「だからさ、今でも、有紀子が持田の方を愛していたと」

「だって、先生が見せてくれた日記にはたしかにそう書かれていたじゃないですか。あれを見せられたときには、ぼくもすぐには信じられなかった。ぼくと会っているとき、有紀子さんはそんなそぶりは毛筋ほども見せなかったから。ただ、今から思えば、あれはぼくの自惚《うぬぼ》れだったのかなという気もしています。でも、信じてください。ぼくは本当に、有紀子さんから何も聞いていなかったんです。持田のことは何も」

「そうだろうね」

私は短く答えた。

「有紀子が持田のことをきみに打ち明けていないのは知っていたよ」

「知っていた?」

山内は目をしばばたたかせた。

「でも、先生はあのとき——」

「というより、有紀子がそんなことをするはずがないことを、おれは誰よりも知っていた」

「な、なにをおっしゃってるんですか」

「有紀子が愛していたのは持田じゃない。きみだったんだ。最後まできみを愛し、きみとの結婚を心待ちにしていたんだ。それをおれは誰よりもよく知っていた」

「せ、先生——一体なにを」

山内はひどく混乱したような顔で私を見詰めた。

「有紀子は持田なんか愛したことは一度もなかった。ただの一度もだ。きみが言ったように、あの男のことは、ただ薄気味悪く思っていただけだよ」

「そ、それじゃ、有紀子さんはどうして日記にあんな嘘を」

「あれは有紀子が書いたんじゃない」

私はあっさり言った。

「えっ」

山内はたまげたような声を出した。

「有紀子の日記はあの文章の前で終わっていたんだ。それを、おれが付け加えたんだよ。有紀子の万年筆を使い、有紀子の筆跡を真似てね」

「な、なぜです。なぜそんなことを」

「持田に復讐するためさ。おれはきみにも言った通り、犯人はあいつではないかと早くから疑っていた。きみを疑ったことなど、これっぽちもなかったよ。最初から最後まで疑っていたのは持田の方だった」

「それじゃ、なぜ、あの夜、ぼくを有紀子さんの部屋によんで、あんな話をしたんです。あれは一体なんだったんですか」

「あれはね、きみに話したわけではないんだ」

私は幾分心苦しさを感じながら、そう打ち明けた。

「ぼくに話したわけじゃない？　それじゃ、一体誰に話していたんです？」

「持田だよ」

「で、でも、彼はあのとき」

「そう。あの部屋にはいなかった。でも、彼はあそこにいたんだ。きみは知らなかっただろうが、彼はおれたちのすぐそばにいたんだよ」

「ど、どういうことですか、それは」

山内にはまだ何がなんだか分からないみたいだった。

「有紀子の葬儀の前の夜、おれは寝付かれなくて、妹の部屋へ行ったと言っただろう?」

「ええ。そこで、あの日記を見付けたんだと」

「日記じゃなかった。あの部屋で見付けたのは」

「え」

「有紀子が日記をつけていたのは前から知っていた。日記じゃなかったんだよ、おれが見付けたのは」

「それじゃ、先生があそこで見付けたというのは——」

山内は飛び出しそうな目で私を見詰めた。

私は彼の目から視線をそらして言った。

「盗聴器だよ」

*

「盗聴器——」

山内は愕然とした顔で呟いた。

「有紀子の部屋には盗聴器が仕掛けられていたんだ。コンセント型の盗聴器だった。見ためには、ふつうのコンセントと全く区別がつかない。あのとき、おれが勉強机の下の方に備え付けられていたコンセントに不審の念を持ったのは、全くの偶然と言ってよかった。なんとなく妙だなという気がしたのだ。もしかしたら、おれにあれを教えてくれたのは、死んだ妹の霊だったのかもしれないがね。とにかく、おれはコンセントを引き抜いて中を調べてみた。案の定、中には盗聴マイクが仕込まれていたよ……」

私は話を続けた。墓地は静かで私たちしかいなかった。のどかに鳥のさえずる声が聞こえるばかりだ。

「まさか、持田が、それを？」

山内が言った。私は頷いた。

「彼しか考えられなかった。有紀子の部屋に出入りできたのは、きみを含めて他にもいたが、盗聴なんてことを思い付くのは、あの男しかいないように思えた。それに、いつだったか、盗聴ものの作品を書くときに、おれは持田を連れて、取材に電器店を訪れたことがあった。持田は様々な形の盗聴器にえらく興味を引かれたように見えた。あのあとで、こっそり一つ買い求めて、隙を見て、有紀子の部屋に仕掛けたのだろう」

「しかし、なぜ、盗聴なんか」

「持田は有紀子を愛していた。でも、それを有紀子に打ち明けることはできなかったんだ。有紀子はやつを薄気味悪がって、それとなく避けていたからな。それで、あんな歪んだ形で、有紀子の身近にいるのを望んだのだと思う。有紀子があの部屋で音楽を聴いたり、友達と電話で話したり、独り言を言ったり、部屋の中を歩きまわったりするのを、レシーバーでこっそり聴きながら、有紀子と一緒にいるような気分に浸りたかったのかもしれない」

「……」

「マニアックなあいつらしい発想だった。おれはあの盗聴器を見付けたことで、有紀子を殺したのは持田だと確信した。しかし、証拠がない。面と向かってやつに話したとしても、しらばっくられたらそれまでだ。それで、おれは考えた。やつが仕掛けた盗聴器を利用して、やつに復讐することを。

おれは有紀子の日記に例の文章を付け加えて細工した。そして、葬儀の夜、『有紀子の部屋で二人きりで話がある』と、持田の前できみに言った。ああ言えば、好奇心を起こしたやつが、おれたちが二階にひきあげるや否や、自分の部屋に入って、レシーバーでおれたちの話を盗聴するだろうと思ったからだ」

「それで、あのとき、先生はすぐに話に入らずに――」

はっと思い出したような顔で山内が言った。

「そうだ。おれは煙草一本吹かすことで時間を稼いでいたんだよ。持田が自分の部屋に戻って盗聴の準備をする時間をね。そして、おれはきみに話しかける振りをして、本当はやつに向かって話しはじめたんだ。おれたちの会話をこっそり盗聴しているやつに向かってね。おれの疑惑、おれの推理を。でも、やつに聴かせたかったのは、そのあとだった。きみにあの日記を見せて、有紀子が愛していたのは、きみではなくて、やつの方だったということ。それだけをあいつに聴かせてやりたかったんだ。持田はおれたちの会話を聴いてショックを受けたに違いない。有紀子がまさか自分の方を愛していたなんて夢にも思っていなかっただろうから。やつの自殺は、たんに有紀子を殺した罪の意識に耐えかねたわけじゃないんだ。『自分を愛してくれた』女を、それとは知らずに殺してしまったことに対する贖罪《しょくざい》の死だったんだ。あれを聴いてから、彼は一カ月の間、さぞ苦しんだだろう。そして、おれが望んだ通り、苦しんだ末に自殺したんだ」

「先生……」

「きみには悪いことをしてしまったが、他にやつの罪を告発する方法を思いつかなかったんだ」

「それじゃ、有紀子さんの復讐のために、あんなことを？」

「そうだよ。有紀子はおれにとってかけがえのないたった一人の妹だった。両親が亡くなったあと、唯一残された肉親だったんだ。その有紀子をあんな目に遭わせた犯人をおれはどうしても許すことができなかったんだ」

私は目を伏せたまま、そう言った。なぜか、私の顔を食い入るように見詰めている山内の目をまともに見ることができなかった。

私の伏せた瞼からふいに涙がこぼれ落ちた。頬を伝わる、そのむずがゆい感触を感じながら、目をあげて見なくても、山内三樹夫が私の方を痛ましそうな顔で見ているのがなんとなく分かった。

山内と墓地の前で別れた私は、ゆっくりと長い坂道をおりて行った。

坂道をおりながら、私は自問自答していた。

有紀子の復讐？　可愛い妹のためにあんなことをした？

本当にそうだったのか。あんな回りくどいことまでして、持田を死に追いやったのは、ただ妹の復讐のためだけだったのだろうか。

嘘をつけ。

私の中のもう一人の私、私のすることにいつも批判的で冷笑を浴びせ掛ける、もう一人の私が、突然、そう罵った。

嘘をつけ。

おまえは妹のためにしたんじゃない。自分のために持田を葬り去りたかっただけじゃないか。妹のためというのは、おまえの自己欺瞞だよ。

おまえは持田の才能を恐れていた。持田は一種の天才だった。それに薄々気付いていたおまえは、やつがおまえの手元を離れて、一人立ちするときのことを何よりも恐れていたんだ。彼がアシスタントとしてではなく、いつか、おまえの強力なライバルとしておまえの前に立ちはだかるときを。いや、ライバルなんかじゃない。持田とおまえとではライバルにはなりえない。なぜなら、才能において、おまえたちには、モーツァルトとサリエリくらいの違いがあったからだ。持田は漫画界のモーツァルトになれる男だった。おまえはそれに気が付いていた。だから、彼が一人前の漫画家になる前に、この世から消えてくれることを望んでいたんだ。そして、たまたま有紀子の事件があったことを利用して、復讐にかこつけて、やつを抹殺しようとしたんじゃないか――。

おまえは持田の性格をよく知っていた。白か黒か。すべてか無か。極端から極端へ走る性格。中庸というもののない彼の性格をよく飲み込んでいた。だから、あんな形で偽りの情報を与えれば、彼が自首ではなく、自殺の方を選ぶだろうということは、よく知っていたはずだ。

さっき、おまえが山内の前で流した涙は、愛する妹の死を悼む涙なんかじゃなかった。山内はそう思ったかもしれないが、本当はそうじゃない。あれは――あれは、大輪の花を咲かせる前に、おまえの手の中で握り潰してしまった持田の才能を惜しむ涙だったんじゃないか。

おまえがしたことは復讐じゃない。あれはれっきとした殺人だった。動機も愛する妹のためなんて情がらみのものではない。冷酷でエゴイスティックな動機につき動かされた醜い殺人だった。

もう一人の私が、その人差し指を私自身に突き付け、声なき声でこう叫んでいた。

その醜い殺人の――犯人はおまえだ。

帰り花

「そりゃあ、いっちゃん。兄さんと一緒に住むのはあんたの方だよ」

障子越しに叔母の甲高い声がした。思わず足をとめた私のつま先をかすめて、白い花びらがひとひら舞い落ちた。

「え、どうしてよ。親と同居するのは、昔から長男の役目と決まってるじゃない」

叔母に負けないくらい甲高い声で言い返しているのは姉の伊都子《いつこ》だった。

「そんなこと言ったって、みっちゃんとこは新婚じゃないか。おまけにマンション暮らしだって言うし。あんたのとこなら逗子で近いし、持家だしさ——」

「だめよ、うちは。ちいさいのが三人もいて騒々しいし、持家ったって、親子五人で住むのが精いっぱいだもの」

「だからさ、何もずっと一緒に暮らせとは言ってないよ。せめて、みっちゃんの暮らしが落ち着くまで」

「でも、父さんは独りでここに住むって言ってるんでしょ。だったら、それでいいじゃない。まだ足腰が立たないって年じゃないんだから」

「そんな。足腰が立たなくなってからじゃ遅いんだよ」

「それなら、やっぱり、三樹夫がここへ戻ってきて父さんと暮らすべきよ。ここからだったら、今の勤め先にだって通えるじゃない」

「だけどねえ、何度も言うように、みっちゃんは新婚なんだよ。子供ができるまでは夫婦水いらずで」

「それなら、いっそ、おばさんがここへ来たら？」

「なんであたしが兄さんと一緒に住まなくちゃならないんだよ。年取った親の面倒を見るのは子のつとめじゃないか」

二人の声の様子から、一触即発の気配を察した私は、しかたなく障子戸を開けた。

「あら、あんた、来てたの」

叔母と姉は私の方を同時に見て、同時にそう言った。

「父さんは？」

「さっき、ちょっと出てくるって」

姉が言った。

「どうせ弁天様だろ」

叔母が付け加える。鎌倉の扇ケ谷《おうぎがやつ》にある私の実家から、弁天様こと銭洗《ぜにあらい》弁財天までは、歩いて十分足らずだった。

「父さんに何か用？」

姉がたずねた。

「昨日の夜、電話貰ったんだよ。話したいことがあるから、ちょっと寄れって——なに言い争ってたんだよ。二人とも声でかいから外まで筒抜けだぜ」

中に入りながら私は言った。

「べつに言い争ってなんか」

姉がバツの悪そうな顔をした。その姉の膝には、はんなりとした紫色のコートが広げられていた。和服の上に着る、道行襟のついた薄物のコートである。

姉の膝だけではない。見ると、亡母の部屋だった六畳の和室は、足の踏み場もないほど着物やら帯やらが広げられて、あちこちに、紐を解かれた畳紙《たとう》が散らばっている。まるで呉服屋の店先みたいだ。

「なにしてるの」

私はあぜんとしながらたずねた。

「見れば分かるでしょ。ママの着物、見てたのよ。このまま簞笥《たんす》の肥やしにしておいてもしょうがないからね」

姉が澄ました顔で言った。

「形見分けの物色か。まだ初七日も済ませてないのに」

「人聞きの悪いこと言わないでよ」

姉はじろりと私を睨んだ。

「あんたも見てったら。真奈美さんに似合いそうなのがあったら、持ってってもいいよ」

叔母はあたりに散らばっているのが自分の持物であるような言い方をした。

私は戸口のところに立ち尽くしたまま、姉の膝の上にある紫色のコートを見ていた。この部屋に入ったときから、ずっと気になっていた色だった。

「それ」

そう言うと、私の視線を目でたどった姉は、自分の膝もとを見下ろしながら、

「あら、これがいいの」

と言った。

「そのコート――」

「でも、これはちょっと真奈美さんには合わないんじゃない。紫って着こなすのが難しい色なのよね。あの人、色が黒いから――」

「そうじゃなくって」

私は焦《じ》れて言った。

「なによ」

「そのコート、母さんが出て行くときに着てたやつじゃないか」

私は思い切ってそう言った。

姉の顔からすっと表情が消えた。

「どうして、うちにあるんだ。それ着て出て行ったはずなのに」

私は紫のコートから目が離せないまま、呟くように言った。

「なに寝ぼけたこと言ってるのよ。これはママのコートよ。母さんのじゃないわ」

姉は冷たくそう言い返した。

「ママのじゃないよ。ママがそんな紫のコート着てるの、姉さん、一度でも見たことある？」

「そう言われてみれば、ないけど――」

姉はややたじろいだように、そう言いかけたが、

「でもこうしてママの箪笥の中にあったんだから、やっぱりママのじゃないの」

「そうじゃない。それは母さんのだよ。だって、ぼく、見たんだもの」

私はついそう言ってしまった。

「見たってなにを」

姉は怪訝《けげん》そうに眉をひそめた。

「母さんがそれを着て出ていくところだよ。あの日、あそこの桜の木の下で、母さんは紫色のコートを着て立っていた。手にはスーツケースみたいなものを持って。ぼくはちゃんと覚えている。母さんはしばらくそこに立って、名残を惜しむように、桜の花を見上げていたんだ――」

私はふらふらと片手をあげて、庭の方を指さした。

和室から庭がよく見えた。庭には桜の木が一本植えられていた。殆ど花の落ちたその木

から、思い出したように、ちらほらと白い花びらが舞い落ちていた。

＊

母が家を出たのは、私が四歳のときだった。今から二十年以上も昔のことである。季節はちょうど今頃だった。

その頃習っていた長唄の会の人たちと二泊三日の旅行に行くと言って家を出たきり、母は二度と戻ってはこなかった。

あとになって、離婚届と一緒に送られてきた母の手紙から、長唄の会の旅行というのは真っ赤な嘘で、母がその長唄の会で知り合った妻子持ちの男性と駆落ちしたのだと分かった――。

姉はポカンとして桜の木を見ていたが、そのうち、げらげら笑い出した。

「なにがおかしいんだよ」

私はむっとしてたずねた。

「あんた、夢でも見たんじゃない」

そう言って、さもおかしそうに笑った。叔母まで口元に薄笑いを浮かべていた。

「夢じゃないよ」

私はつい高い声を出した。姉にしても叔母にしても声が甲高い。血筋なのか、男の私までが、興奮すると、時折、女のような甲高い声を出してしまうことがあった。

それがおかしいと、姉はなおも笑った。

「夢じゃないよ。ほんとうに見たんだ。母さんがそのコートを着て、あそこに立っているのを――」

「それはないよ。みっちゃん」

そう言ったのは叔母だった。

「芳江さんが出ていくところをあんたが見るわけがないんだよ」

叔母は哀れむような目で私を見ながら言った。

「どうして？　ぼくはまだ四歳だったけど、あのときの光景はよくおぼえている。昼寝からさめて窓の外を見たら、母さんが――」

桜の花の下に立っていた紫色のコートの女。下に着た和服の生地が透けて見えるような薄物のコートをまとった母は、羽根を休めている紫色の蝶のようだった。あれは夢ではない。だんじて夢では……。

「だって、あの人が出て行くとき、あんたはこのうちにいなかったんだもの」

叔母はそっけない声で言った。

「いなかった？」

私は叔母の顔を見詰めた。

「いなかったんだよ、ここには」

「それじゃ、どこにいたんだよ」

「うちにいたんだよ」

「おばさんちに？」

叔母の嫁ぎ先は横浜の本牧《ほんもく》にあった。

「うちで預かっていたんだよ。前の日に芳江さんがあんたを連れてきてね。旅行から帰るまで預かってくれって言うから。今から思えば最初から計画的だったんだねえ。着物なんかもさ、少しずつ運び出していたらしいからね。いざっていうときに、身の回りのものだけ持って出て行けるようにさ」

叔母は当時を思い出したような苦い顔で吐き捨てた。

私はこの家にはいなかった——

しばらく開いた口がふさがらなかった。母が出て行ったとき、私はうちにはおらず、横浜の叔母の家にいたのだという。はじめて聞かされたことだった。それなのに、私の脳裏には、母が出て行ったときの記憶が鮮明に残っているのだ。

これは一体どういうことだろう。

「で、でも、母さんが出て行ったのは、四月のはじめ頃だったんだろ。そのとき紫色のコートを着ていたんだろ」

私は必死に言った。

「そうよ」

姉があっさりと答えた。

「見てないなら、どうして知ってるんだよ。ちゃんと記憶にあるんだよ。紫色のコートを着た母さんが桜の花の下に立っていた記憶が――」

「いっちゃんからあとで聞いたんじゃないのかね。いっちゃんは、学校から帰ってくる途中で芳江さんに会ったらしいから」

叔母があくび混じりの声でそう言った。

「そうかもね。昔のことなんでよく覚えてないけど、あたしが話したのかもしれないわ。そのせいで夢でも見たんだよ」

姉もどうでもいいような口調で言った。

「でも――」

釈然としなかった。叔母や姉が嘘をついているとは思えない。とすれば、私が見たのはやはり夢にすぎなかったのだろうか。

「だけど、節子さんもどういうつもりでこんな色のを作ったんだろうね」

叔母が姉の膝の上のコートに視線を落としながら、ふと言った。

節子というのは、ついせんだって心不全で亡くなった、私たちの継母のことである。母が家を出た年の冬に父は再婚した。相手は母のいとこにあたる女性だった。八歳と四歳で母親を失った幼い姉弟を哀れんでか、うちにやって来ては何かと面倒を見てくれた人だった。そのうち、自然に、水が低いところに流れるように、その人は父の後添いとなり、私たちの「ママ」になった。

「面長で色白だった芳江さんと違って、丸顔で色の黒いあの人には、紫なんか似合うはずもないのに……」

叔母は不思議そうにもう一度そう言った。

＊

しばらく父の帰りを待っていたが、なかなか帰ってきそうになかったので、私は散歩がてら、父を迎えに行くことにした。

叔母の勘では、銭洗弁財天に行ったはずだという。私は家を出ると、その方向に足をむけた。しかし、銭洗弁財天まで行く必要はなかった。途中で、坂道からおりてきた父とばったりでくわしたのである。

父は私に気が付くと、かすかに笑って、ようというように片手をあげた。

「話ってなに」

私は父と並んで、来た道を戻りながら言った。

「呼びつけて話すほどのことでもないんだが」

父はそう答えながら足を止めた。ちょうど目についた甘味処の看板をあごで示し、「入るか」というような顔で私を見た。私は頷いた。子供の頃、父とよく弁天様へ行った帰り、この甘味処で休憩したことを思い出した。父はしるこを注文した。私も父も酒は苦手で、甘いものが好きだった。中にはいり、私は白玉あんみつを、父はしるこを注文した。私も父も酒は苦手で、甘いものが好きだった。


「勤めの方はどうだ。もう慣れたか」

父はすぐに肝心な話には入らず、前おきのように、そんなことを聞いた。

「まあね。ぼくにはサラリーマンの方が性にあってるようだよ」

私は苦笑とともに答えた。

一月ほど前に私は転職をしていた。

子供の頃から絵を描くのが好きで、漫画家をめざしていた私は、大学を出るとすぐに、坂口継彦という中堅どころの漫画家のアシスタントになった。しかし、二月に起こったある事件がきっかけで、漫画家への道をあきらめ、たまたま、坂口のところに出入りしていた、漫画雑誌の編集者の口ききで、今の出版社の編集部に勤めはじめたのである。

「蛙の子は蛙か」

五年前に定年退職をするまで市役所に勤めていた父はそう呟いた。

「それにしても、春先からいろんなことがあったなあ」

父はしみじみとした口ぶりで言った。

「そうだね。なんだかこの二カ月で一生分の刺激を味わい尽くしてしまったようだよ」

私も溜息混じりにそう答えた。

この二カ月というもの、まさに吉事と凶事とが入り乱れて、私の人生を直撃したという感じだった。

二月に私はある女性と婚約していた。例の漫画家の妹で、坂口有紀子という女子大生だった。私たちは彼女の卒業を待って、四月に結婚するはずだった。

ところが、思いもかけなかった事件が起きて、私は彼女と一緒になることができなかった。バレンタインデーに坂口あてに郵送されてきたチョコレートを口にした有紀子が毒死したのである。チョコレートの半分に青酸カリが仕込まれていたのだ。しかも、その犯人が私ではないかと坂口に疑われた件が引き金になって、私は坂口のアシスタントをやめた。

その事件については、あとになって、犯人も分かり、その犯人の自殺という形で一件落着したのだが、今から思えば、あの事件がなくても、遅かれ早かれ、私は漫画家への道はあきらめていたような気がする。

四年半ほど坂口の下でアシスタントをしながら、新人賞に応募するという日々を送っていた私は、漫画家として独り立ちしていけるほどの才能が自分にないことにすでに気が付いていたからだ。

有紀子と結婚したら、それを機に、どこか堅実な会社にでも転職しようと考えていた矢先でもあった。

坂口の元を離れた私は、それまで住んでいたアパートを引き払い、今の勤め先に近いところにマンションを借りた。

今の妻、真奈美との縁談話が出たのはそんな頃だった。といっても、そんな話がいきなり降ってわいたわけではなく、前に一度、真奈美とは、継母を通じて見合いめいたことをしたことがあった。真奈美は継母の友人の娘だった。

でも、そのときには、私は有紀子との結婚をすでに心に決めていたので、それとなく断ったのである。

その話が有紀子の死で、ふたたび浮上してきたというわけだった。今度は断らなかった。どうでもいいような気持ちになっていたからだ。

その頃、私は、亡くなった有紀子に対して、不信の念を抱くようになっていた。有紀子が私と婚約しながら、坂口のもう一人のアシスタントだった持田泰士《やすし》という男の方を愛していたのだと坂口から教えられたからだった。

これは、実は、坂口の策略によるものだったことが、あとになって分かったのだが、そのときは、私はまさかと思いながらも、坂口の話を信じてしまった。

ショックだった。有紀子の突然の死以上にショックだった。有紀子に裏切られたと思った。そんな女をいつまでも想って、嘆き暮らすのは馬鹿らしいとさえ思った。だから、真奈美との話がむしかえされたときに、あれほどたやすく乗り換えることができたのだろう。

真奈美との結婚式は三月の末に挙げられた。幾分ドタバタと取り急いで事が進められたのは、四月生まれの真奈美が二十五歳の誕生日が来るまでに結婚したいという願望を持っていたためらしい。

そして、私の結婚式から十日もたたぬうちに、今度は継母が急性心不全で早々とこの世を去ってしまったのである――。

「ここから勤め先に通うとしたらどのくらいかかる？」

黙ってしるこを啜っていた父がふいに顔をあげると、そうたずねた。

「ここから？」

私もあんみつの器から顔をあげた。

「だいぶかかるか」

「電車で一時間足らずだと思うけど」

「それじゃ、通えない距離じゃないな」

父は独り言のように言った。私はピンときた。父がしようとしている話の察しがついたのである。

「ここへ戻ってきて、同居しろっていうの」

先回りしてそうたずねると、父は慌てたように首を振った。

「そんなこと言ってやしない」

「でも、ママが亡くなって、父さん、独りじゃ不便だろう。そういえば、さっき姉さんたちも心配してたよ。父さんのこと、どうしようかって」

「どうしようかとはどういう意味だ」

父はむっとした顔で言った。

「だから、姉さんたちと同居するか――」

「冗談じゃない。あんなガキが三人もはねくり回ってる動物園みたいな家、金積まれたって行くもんか」

「それじゃ、ぼくたちがここに戻ってきて同居するか――」

「同居なんかしてくれなくてもいい。おれは独りでやっていける。母さんのことだって、うるさいのがいなくなってせいせいしてるくらいだからな」

父は明らかに負け惜しみを言った。

「なあに、あと十年は大丈夫だ。ただ――」

父の顔がふと曇った。

「おれが考えているのは、おれが死んだあとのことだ」

「死んだあと？」

「実は、話というのは、そのことなんだけどな、おれが生きているうちは同居なんて考えなくてもいい。でも、死んだら、あの家に戻ってきて欲しいんだよ」

「どうして」

私は思わずたずねた。

「おれが死んでも、あの家を手放さないで欲しい。あんなボロ家だけど、おやじが建てた家だしな、人手に渡したくない。だから、おまえたちに住んで貰いたいんだよ」

父は哀願するような表情をした。

「造りはしっかりしてるから、少し手をくわえれば、あと二、三十年くらいは十分住める。それに、今時、東京じゃ、マンション買うにしても家建てるにしても、だいぶかかるだろう」

「そりゃ、そうだけど」

「どうだ。だめか」

「だめってわけじゃないけど。真奈美とも相談してみないと」

「うん、そうだな。真奈美さんとよく相談してみてくれ。返事は急がなくてもいいから」

「わかった」

それきり、父は黙ってしるこを啜り続けた。今度は私の方が口を開く番だった。

「ねえ、父さん」

私は迷った末に思い切って言った。なんだというように父が顔をあげた。

「母さんのことだけど——」

父の顔色をうかがいながら、おそるおそる切り出した。母の話を父の前でするのは、これがはじめてと言ってよかった。

「母さん？」

父はわずかに眉をひそめた。

「ママじゃないよ。その、母さんのことだよ」

父の幾分たるんだ頬の筋肉がピクリと動いた。

「今、どこにいるの」

ずっと聞きたかった言葉がすんなりと口から飛び出した。

「さあな。おれは知らないよ」

父は目をそらし、そっけなくそう言った。

「あれから連絡ないの」

「ないな」

「一度も？」

「ああ」

「駆落ちした男と今でも一緒に暮らしてるのかな」

「知らんよ、おれは」

父は面倒くさそうに言うと、また箸を動かしはじめた。

「母さんさ、一度、戻ってきたんじゃない？」

私はついに胸にわだかまっていた疑惑を父にぶつけてみた。

「戻るってどこに？」

父は弾かれたように顔をあげて私を見た。顔色が変わっていた。

「うちにだよ」

私は父の反応に少し驚きながら言った。

「まさか。どうしてそんなこと思うんだ」

「見たんだよ……」

私は言った。

「見たって？」

父は明らかにぎょっとしたような顔をしていた。

「母さんらしき女の人が紫色のコートを着て、うちの庭に立っているのを。桜の花が咲いていたから春先だと思うんだけど。こう手にスーツケースみたいなものを持ってさ――」

父の口がうっすらと開いた。私は四歳のときに見た光景の話をした。もし、あれが母が出て行ったときの光景ではないとしたら、帰ってきたときの光景だったのではないかと思いついたのだ。

うちの庭には外に出入りできる枝折戸《しおりど》がついていた。私が見たのは、出て行ったときと同じ恰好をして帰ってきた母だったのではないだろうか。

「馬鹿な」

父は吐き捨てるようにそう言うと、笑い出した。

「それはおまえ、伊都子の言う通り、夢でも見たんだろう」

父の口元は白すぎる義歯を見せて笑っていたが、目は笑っていなかった。

＊

やはりあれは夢だったのだろうか。

私は帰りの電車の中で、窓ぎわに肘をつき、ボンヤリと窓の外を眺めながら思った。

頭上には、大船観音の巨大な白い顔が迫っていた。

しかし、それにしては——。

母のことを言い出したときの父の顔色はふつうではなかったような気がする。父は明らかに動揺していた。それに、いくら男と駆落ちした妻だからといって、二十年以上もまるで音信不通ということがあるだろうか。母の方にしても、私や姉が気にかからなかったのだろうか。

これまでは、継母のてまえもあって、実母の話はしないようにつとめてきたし、父にしてもそれは同じ思いだっただろう。しかし、その継母はすでにこの世にはいない。もう母のことを話してくれてもよさそうなものではないか。

　桜の季節に出ていった母は、その翌年、やはり桜の季節に戻ってきたのではないだろうか。あれは四歳のときの記憶ではなく、五歳のときの記憶だったのかもしれない。

　でも、母が戻ってきたときには、すでに父は母のいとこと再婚していた。父が継母と再婚したのは、母が出て行った年の冬だった。式は挙げなかったが、うちわだけのささやかな祝いをした記憶がある。男と別れ、戻ってはきたものの、すでに母の居場所はなくなっていたのだ。それで、母はまたどこかへ――。

　だが、待てよ。もしそうだとすると、妙なことになる。たとえ一時的にせよ、母がうちに帰ってきたとしたら、なぜ、私に会って行ってはくれなかったのだろうか。

　庭の桜の木の下に立っている母の姿の記憶はあっても、その前後の記憶がまるで刃物で切り落とされたようにスッポリと抜け落ちていた。

　もし、あのとき、母と会っていたら、それをおぼえていてもよさそうなものだ。それなのに、私にはその記憶がまるでない。ということは、母はうちの庭先まで来ていながら、私には会わずに、再び出て行ったというのだろうか。

　それに妙なことはまだある。

　あの紫色のコートだ。

　もし、あれが母のものだとしたら、母はあれを脱いでうちに置いていったことになる。

なぜ、そんなことをしたのだろうか。

どう考えても納得がいかない。

姉や父の言うように、私が見たのが夢だったとすれば、つじつまは合うのだが――。

いや、夢だとしても、妙なことは残る。やはりあの紫のコートのことだ。あれが母のものでないとしたら、継母のものだったことになる。継母はどうして、あんな自分には似合いそうもない色のコートをわざわざ作ったのだろうか。

継母はいわゆる美人ではなかったが、センスは良い人で、髪型にしても服装にしても、自分の欠点をカヴァーし、美点を引き出すような恰好をするのが上手かった。

その継母が、あんな自分に似合いそうもないコートを作ったとは思えない。実際、継母があんな色のコートを着ているのを見たのは、私のおぼえている限りでは一度もなかった。

どう考えても釈然としなかった。

ところが、あと一駅で品川という所まで来たとき、ふいに私の頭に第三の可能性とでもいうべき考えがひらめいた。

それは、そんなことを思い付いてしまった自分が自分で怖くなるような、恐ろしい可能性だった。

＊

きっかけは金魚だった。

途中の停車駅から乗り込んできた親子連れを何気なく見ていたとき、私の頭に一つの記憶が忽然と甦ったのである。

どこかの縁日の帰りらしい。両親らしき若い男女に連れられた、四、五歳の幼児の手には金魚を入れたビニール袋がしっかりと握られていた。

その金魚を見た途端、ふいに私は思い出した。

池のことだ。

あれはいつだったか、小学校へあがる前だった。四、五歳のときの記憶だろう。父が突然、庭に池を作ると言い出した。瓢簞《ひょうたん》型の池を作ると言って、父はズボンをすねまでまくりあげ、スコップを持ち出してきて、せっせと庭に穴を掘り始めた。私も姉も池ができるのを楽しみにしていたが、結局、池は完成しなかった。ある朝、起きたら、庭にあいていた穴は跡形もなく埋められていた。池ができるはずだった場所には、代わりに、石の燈籠のようなものがでんと置かれていた。楽しみにしていた池が石の置物に化けてしまったと、私はひどくがっかりしたのをおぼえている。

季節は春先だったような気がする。うろおぼえだが、庭に桜の花が咲いていたような記憶がかすかにあるからだ。

もし、あの池作りが、五歳の春の記憶だとしたら？

母が紫色のコートをまとって帰ってきた頃と時季が一致するとしたら？

父はなぜ池作りなどを急に思い付いたのか。そして、なぜそれを途中で断念してしまったのか。

いや、そもそも最初から池など作るつもりでいたのだろうか。池というのは口実で、本当は別の目的で庭に穴を掘っていたのではないだろうか。

その目的とは——。

その恐ろしい想像に、さすがに身体が震える思いがした。

「母が帰ってきたのではないか」とたずねたときに見せた、父のあのぎょっとしたような顔。それに、こう考えれば、父が今日私を鎌倉の実家まで呼び寄せて、あんなことを頼んだ理由も納得がいく。

おれが死んだら、あの家に戻ってきて住んでくれ。

父はそう言った。祖父が建てた家だから人手に渡したくない、と。でも、それだけの理由だったのだろうか。

父があの家を人手に渡したくないのには、もっと別の、もっと切実な理由があるのではないだろうか。

もし、あの石の燈籠の下に——。

電車が品川駅に着いた。山手線に乗り換え、自宅のある代々木でおりるまで、私は回りの人間の顔が全く目に入らない状態になっていた。

電車の乗り換えも半ば身体が機械的に動いていたにすぎない。

もし、この恐ろしい想像が当たっているとしたら、手を下したのは父だったのだろうか。

いや、それはありえない。

私の記憶からすれば、母が帰ってきたのは昼間だった。父は役所にいたはずだ。休日だった？　それなら学校も休みだから、姉もうちにいたはずだ。家族がうちに揃っているところで、あんなことはできないはずだ。

となれば、あれが起きたのは、平日の昼さがりだったのではないか。うちには、継母と私しかいなかった。小さい頃、身体の弱かった私は幼稚園も休みがちで、母の姿を見たと記憶している日も、風邪でもひいて家にいたのではないだろうか。

うちには床に伏した幼児と継母しかいなかった。

それでは、継母が？

突然帰ってきた母と継母との間で何かが起こったのではないだろうか。

だから、母はあのあと私に会いに来なかったのだ。来たくても来れない状態にあったのだから。

継母の箪笥に長い間眠っていたあの紫色のコートの謎もこう考えると説明がつくではないか。

あれは母のコートだった。しかし、母はあのコートを置いていったわけではなかった。

母はあの家に戻ってきて、再び出ては行かなかったのだから……。

＊

こんな話を聞いたことがある。

最初、父と見合いをして結婚が決まっていたのは継母の方だったと。ところが、婚約期間中に、それとなく紹介したいとこの方に父の気持ちが移ってしまい、結局、父の妻になったのは母の方だった。

継母はそれからずっと独身を通してきたという。

あの頃から、継母の胸の奥底には、いとこである母に対する恨みのようなものがくすぶっていたのではないだろうか。

どちらかといえば社交的で、性格の明るい人だったが、何かの折に、私を見る目に険のようなものが宿っていたのを、子供心にも感じたことがある。

といっても、いじめられたという記憶は全くない。実の母親以上に、継母は優しく、かいがいしく面倒を見てくれたのだが、それでも、ふとした折に、継母の私を見る目に、真綿にくるまれた針のきらめきのような光を感じた。

三樹夫さんはお母さん似だから。

ことあるごとに、継母はほほ笑みながらそう言った。悪口を言われたわけでもないのに、そう言われるたびに、私は何かうしろめたいような、首を竦《すく》めたくなるような思いがしたものだ。

そのせいというわけでもないが、私はいつしか、あまり自分の考えを言わない子供になっていた。自分の我を押し通して、人に、というより継母に嫌われることを何よりも恐れる子供に――。

坂口有紀子のことを打ち明けたとき、継母はすぐに有紀子に会ってくれた。どうだったと聞くと、いつものように口元にほほ笑みを湛えて、「よさそうな人じゃない。芳江さんに少し似てるわね」とだけ言った。

その一言を聞いて、私ははっとした。そう言われてみれば、有紀子は母に少し似ていたかもしれない。色が白く、やや面長で、二重瞼の、パッチリとした黒目がちの目をしていた。無意識のうちに、私は実母に似た女性を恋愛の対象に選んでいたのだ。

継母はそれを一目で見抜いた。

そして、継母がすすめてくれた見合いの相手は――今の妻のことだが――どことなく継母自身に似ていた……。

私は代々木駅からタクシーを拾ってうちに戻ると、姉の嫁ぎ先に電話をかけた。妻はまだ帰っていなかった。女子大時代の同窓会に出るといって、私よりも早くうちを出たのだ。

呼び出し音が数回鳴って、姉らしき女の声が出た。

「姉さん？　ぼくだけど」

「なんだ、三樹夫なの」

姉のよそゆきの声が途端にくだけたものになった。

「ちょっと聞きたいことがあるんだけど」

「なによ」

「池のことなんだけどさ」

「池？」

「ほら、小さいときに、父さんが庭に池を作るんだって言って、穴を掘ったことがあっただろ」

「ああ、あれ」

姉が思い出したように言った。

「あれ、いつ頃だったかおぼえてる？」

「それがどうかしたの？」

「いや、ちょっと。結局、父さんは池を作るのを途中でやめちゃったよね。その代わりに、石の燈籠なんか置いてさ——」

「そういえば、そんなことあったわね」

姉は気のない声で言った。

「あれ、いつだったかな。ぼくが五歳のときだったと思うんだ。庭の桜が咲いていたような記憶があるから、春先じゃなかったかなと――」

「違うわよ」

姉はあっさりと否定した。

「え」

「春じゃないわ」

「それじゃ、いつ？」

「秋だよ。たしか、九月の終わりか、十月のはじめ頃だったはずよ」

「それ、ほんとう？」

私は受話器を持ち変えて聞き返した。

「あたしの記憶ではそうだわ」

「桜の花が咲いていたような記憶があるんだが」

私はもう一度言った。

「それはあんたの記憶違いよ」

姉はきっぱりと言った。姉は記憶力は良い方だった。学生の頃から暗記科目が得意だった。その姉がここまできっぱり言い切るのだから、あの池の一件はやはり秋のことだったんだろう。

「秋だったのか」

私はほっとして全身の力を抜いた。

「聞きたいのはそれだけ？」

姉が面倒臭そうな声を出した。

「え、ああ」

「それならもう切るわよ。夕飯の準備でてんてこまいしてる最中に、そんなつまらないことで電話してこないでよね」

そう言うなり、ガチャンと電話は切れた。

姉らしいやり方に私は苦笑を漏らしながら、受話器を置いた。

それにしても、馬鹿なことを考えたものだ。継母が母を殺したんじゃないかなんて。しかも、母の遺体を父が庭に埋めたんじゃないかなんて。

私は独りで笑い出した。

池の一件が春先ではないとしたら、継母が手にかけた母の遺体を、父が庭に埋めたのではないかという私の推理は矛盾してしまう。

春先に殺した母の遺体を半年近くもそのままにして、秋口に庭に埋めるなど妙な話ではないか。夏場をはさんでそんなことができるわけがない。つまり、私の恐ろしい推理そのものが間違っていたということになるではないか。

それに、考えてみればおかしい。なぜ、継母が母を殺さなければならないのだ。継母は胸のうちで母を恨んだことがあったかもしれない。若い頃、婚約者であった父を横から奪ってしまった母を憎んだことがあったかもしれない。

しかし、だからといって、母を殺したというのは、あまりにも短絡的すぎる推理ではないか。母が帰ってきたとき、継母はすでに父と結婚していたのだ。

父は、他の男と逃げた母から離婚届を送りつけられながらも、すぐにそれを役所には出さずに、半年もぐずぐずしていたという。心のどこかで、母が男と別れて帰ってくるのを待っていたらしい。

もし、そんなときに母が帰ってきたというなら、継母にも母を殺す動機があったといえるかもしれないが……。

やはり、私が見た光景はただの夢だったのだ。あるいは、母は帰ってきたとしても、もうすでにあの家には居場所がないのを知って再び出て行ったのだ。

あの紫のコートの謎は残るが、そう考えるしかなかった。

なんとなくほっとしたような気分で、居間の方に行きかけたとき、電話が鳴った。

真奈美かなと思って、受話器を取ると、姉だった。

「あ、三樹夫？」

姉は幾分慌てたような口ぶりで言った。

「さっきの話だけどね」

「え」

「池の話よ」

「ああ」

「あれ、あんたの記憶違いじゃないわよ」

姉はいきなり早口で言った。私の心臓がどきんと一つ鳴った。

「記憶違いじゃないって?」

「桜の花が咲いてたって言ったでしょ」

「……」

「咲いてたのよ、桜が」

「春だったってこと?」

私はおそるおそるたずねた。

「違うわ。春じゃないわ。秋だったことは間違いない」

「秋に桜が咲くわけないじゃないか」

「それが咲いたのよ、あの年に限って」

秋に桜が咲いた?

「カエリバナだったのよ」

「カエリバナ?」

「二度咲きのことよ」

二度咲き。カエリバナ。帰り花か。私ははっとした。返り花ともいう。季節はずれに咲く花のことだ。それじゃ、あの桜は――。

私はもう少しで受話器を取り落とすところだった。

「ちょっと、聞いてるの」

「聞いてるよ。それ、いつのことだよ」

「だから、母さんがうちを出た年よ。あの年の秋にね、帰り花が咲いたのよ。そのこと、さっき電話を切ってから思い出してね――」

姉は独りでペラペラしゃべっていた。私の耳にはもう姉の言葉は届かなかった。

あの年の秋に帰り花が咲いた。春に散った桜の花が、再び秋に花をつけた。

姉の言葉が私を打ちのめしていた。

あれは夢じゃなかった。夢じゃなかったのだ。花をつけた桜の木の下で紫色のコートを着て立っていた母の姿は。

しかし、あれは春の光景ではなかった。あの年の秋の光景だったのだ。母は翌年の春ではなく、その年の秋に帰ってきたのだ。そして、自分を迎えるように咲いていた庭の桜を珍しそうに眺めていたのだ。おそらく、男と別れて父のもとに戻ってきた母の目には、返り咲いた桜が我身のように思えたのではないだろうか。

母はもう一度やり直すために帰ってきたのだ。一度死んでしまった自分の中の花をもう一度咲かせるために。

しかし、死んでしまった花を咲かせようと必死になっていた女はもう一人いた。その女の目にも、秋に咲いた桜の花は我身のように見えていたのではないだろうか。一度失った恋をもう一度咲かせようと必死になっている我身に――。

父はまだ離婚届を役所に出してはいなかったに違いない……。いや、いや、いや、だから、あれが起こったのだ。

姉はまだ何かしゃべっていたが、私はかまわず電話を切った。妻が帰ってくるのを待ってはいられなかった。熱に浮かされたように、わななく指で、鎌倉の実家の番号を押した。呼び出し音が鳴りはじめた。音は鳴り続ける。なかなか父は出なかった。父が出たら一言だけ言うつもりだった。

「家に帰るよ」

そう一言だけ。

つきまとわれて

実家の母から電話があったのは、五月半ばの夕方のことだった。

「元気？」

母は最初は呑気そうな声でそう言った。

元気だと答えると、「少しはそちらの生活に慣れたか」とか、「お舅《しゅうと》さんとはうまくいってるか」とか聞いてきた。

揚げ物をしている最中だったので、私は幾分おざなりな答え方をした。母の世間話の相手をしている暇はなかった。それでも、母はうちの庭の薔薇《ばら》のつぼみが開いただの、川井さんちの飼い犬が五匹も子供を生んだので、一匹、うちで貰うことにした、娘がみんな外に出てしまって、お父さんがなんとなく淋しそうにしてるからね——などと、どうでもいいような話をはじめたので、私はついに業を煮やして、途中で遮った。

「あのね、お母さん、悪いけど、今ちょっと手が離せないのよ。用がなければ、あとでかけ直してくれない？」

「あ、そうなの」

母は慌てたような声を出した。こんな夕暮れどきはふと人恋しくなるものだ。父が淋しそうだなんて言いながら、本当は自分が淋しくなって、つい受話器を取ってしまったのだろう。それは分かっていたが、黙っていれば、電話口に座りこんで、近所の噂話から、私が生まれる前の昔話までしかねない人だから、ここは冷たく突き放すことにした。

「用がないってわけじゃないんだけど……」

　母は呟くような声で言った。

「何か用なの。だったら、それを早く言ってよ」

　私はいらだって、そうどなりつけた。火をつけたままにしてきた天麩羅なべが気になってしょうがなかった。母の悪い癖で、用があってもすぐには切り出さず、どうでもいいような世間話とか季節の話などをさんざんしたあとで、こちらがいいかげんうんざりしかけた頃、「そうそう、そういえばね」と言って、ようやく本題に入るところがあった。これは、母のというよりも、母の世代の人たちの一般的な傾向かもしれない。手紙にしても電話にしても、いきなり用件から入るのは相手にたいして失礼だとでも思っているのだろうか。

「朋美がね――」

　母は言いにくそうに言った。声に色があるならば、それは暗く沈んだ灰色の声だった。

「お姉ちゃんがどうかしたの」

　母の声の沈み具合から、私は厭な予感がした。

「断るって言い出したのよ」

「断るって、金森さんとのこと？」

　私はびっくりして聞き返した。

「そうなんだよ」

「どうしてよ。今度こそうまくいきそうだって言ってたじゃない。お姉ちゃん、だいぶその気になってるって。金森さんもお姉ちゃんのこと、気にいったみたいだって。それを今になって断るって、一体、理由はなんなのよ」

「それがねえ、ハッキリしないんだよ……」

母は苦りきった声で言った。

「ハッキリした理由もないのに、断るっていうの」

「強いて言うなら、金森さんが再婚なのが気にいらないみたいで」

「そんなの、最初から分かっていたことじゃない。お姉ちゃん、もう三十六なのよ。あれやだ、これやだって、いつまでもえり好みしていられる歳じゃないでしょ。それに、お姉ちゃんが会社辞めたの、金森さんと結婚するからじゃなかったの」

「辞めたときはそのつもりだったんだろうけどね、そのあとで何かあったらしくて――」

おろおろした声で言ったあと、母は声を潜めるようにして言った。

「どうも何かあたしたちには言えない理由がありそうなんだけどね、なんにも話してくれないんだよ。それでねえ、おまえ、一度暇なときでいいから、朋美に会ってね、それとなく話を聞いてやってくれないかい。朋美もおまえにならば話し易いかもしれないから」

「わかった。明日にでもお姉ちゃんのところに行ってみる」

姉は東京の上石神井《かみしやくじい》にあるマンションで独り暮らしをしていた。

「そうしてくれる？」

母はほっとしたような声で言った。

電話を切ってから、私は思わず溜息をついた。姉のことはずっと気になっていた。私は三人姉妹の末っ子で、長女の姉とは十一も歳が離れていた。それなのに、その姉をさしおいて、今年の三月に結婚してしまい、そのことをやや心苦しく思っていたのだ。

次姉は、だいぶ前に結婚して、今は夫や子供たちと海外で暮らしている。長女の姉だけが嫁ぎ遅れたような形になっていた。

三人姉妹の中で一番器量が良くて、男性から貰ったラブレターの数も一番多かったはずの長姉が今も独りでいるというのは、考えてみれば皮肉な話だった。

二十代の頃は縁談はそれこそ降るようにあったのだが、どれも姉の方から断ってしまったらしい。美人であることと、有名な女子大を出ていることを、多少鼻にかけるところのあった姉は、かなりえり好みが激しかった。

祖父母が生きていた頃に幼年時代を送り、長女ということで、蝶よ花よと育てられたせいか、姉は我がままで気位の高いところがあった。

ところが、二十代でためたつけが三十代で回ってきたというか、三十歳になってから、見合いをしても、やんわりと相手から断られる方が多くなった。

「朋美さんはぼくのような者には勿体ない人です」とか、「朋美さんのような素晴らしい人にはもっとふさわしい男性がいます」とか、聞こえはいいが、ようするに、見合い相手から恭《うやうや》しく敬遠されるようになってしまったのである。

これは姉の自尊心をいたく傷つけたらしく、今年になって、姉は、「もうこうなったら一生独身を通す。結婚だけが女の幸せじゃない。私は仕事に生きる」などと言い出して、両親を慌てさせた。

姉はさる大手服飾メーカーに勤めており、今では何人かの部下をもつ、「主任」と呼ばれる立場になっていたが、陰では、若い女の子たちから「お局さま」などと陰口をたたかれて、煙たがられている存在であるらしいと姉本人から聞いたことがあった。

私には、姉が本気で仕事に生きる決心をしたとは思えなかった。それなのに、このままでは心ならずも一生「仕事に生きる」しかなくなってしまうのではないかと本気で心配しはじめていた頃、金森信一という三十九歳になる弁護士との縁談が舞い込んだのである。

四月のことだった。金森さんはいわゆるバツイチで、前の奥さんとは協議離婚していた。再婚であることを除けば、姉の理想にピッタリの人だった。弁護士という職業も、エリート好みの姉には満足のいくものだっただろうし、容貌も、眉の濃い男らしい顔立ちで、姉の好みのタイプに属していた。前の奥さんとの間に子供もいない。

強いて難をいえば、金森さんの母親がやや気の強そうな人で、一人息子ということもあって、息子に干渉しすぎるきらいがあったようだが、それで最初のお嫁さんが逃げてしまったせいか、今度は同居はしないという条件を出してきたので、これも大きな障害にはならないはずだった。

　話がトントン拍子に進みそうな気配を見せていたので、私は内心ほっとしていたのだ。私の結婚式に出たときの、お通夜の席にでもいるような沈んだ姉の顔が今でも脳裏に焼き付いていた。

　姉はこんな顔をして、引き攣《つ》ったような無理な笑顔を見せて、会社の後輩の女の子たちの結婚式にも出席していたのかもしれないと思うと胸が痛んだ。でも、これでようやく姉の晴れやかな笑顔を見ることができると思っていた矢先だった。

　母の言葉はまさに寝耳に水だった。

　姉は今度の縁談にだいぶ乗り気のように見えた。これがラストチャンスかもしれないと心に決めていたようにも見える。

　だからこそ、まだ婚約もしていないうちに、早々と会社に辞表を出してしまったのだろうし、昼間の空いた時間を料理学校に通うことに費やそうという気にもなったのだろう。すべては、結婚への準備だったはずだ。それを今になって自分の方から断るなんて、何かよほどの理由がない限り、姉がそんなことをするとは思えなかった。

　明日にでも姉のマンションを訪ねてみようと私は決心した。

インターホンを鳴らしてみたが、返事がなかった。ドアノブを引っ張ってみると施錠してあった。姉は外出しているようだった。私は連絡せずに来てしまったことを後悔した。今日は料理学校へ行く日ではなかったので、午前中ならうちにいるだろうと思って、直接来てしまったのである。

*

私はドアの前に立ち尽くして途方に暮れた。もう一度出直すといっても、姉がいつ帰ってくるか分からない。それに、私の嫁ぎ先は鎌倉である。一月ほど前までは代々木に住んでいたのだが、姑にあたる人が亡くなったのをきっかけに、鎌倉の扇ケ谷にある夫の実家に戻り、舅と同居するようになったのである。

昼すぎには鎌倉に戻らなければならなかった。日帰りできる距離とはいえ、また出直すのは少しおっくうでもある。どうしようかと思案に暮れていたとき、姉がよくドアの新聞受けの裏側にセロテープで合鍵を止めていたことを思い出した。

こうしておくと外出先で鍵をなくしても慌てなくてすむでしょ。いつだったか、ここを訪ねたとき、姉はそう言っていた。

もしかしたら――

そう思い、手を新聞受けに差し入れてみた。案の定、合鍵らしきものに触れた。しめしめと思いながら、それを取り出して施錠を解いた。勝手に入るのは気が引けたが、まあ妹なんだからいいだろうと思い、私は中にはいった。

奇麗好きな姉のすまいらしく、二LDKの部屋はよく片付いていた。昼ごろまで待って、もし姉が戻ってこなければ、メモだけ残して帰ろうと思った。

しかし、リビングの窓が開けっ放しになっているところを見ると、遠出ではないなと判断した。ちょっとした買い物にでも出掛けたのだろう。

私はショルダーバッグを肩からはずすと、リビングのソファに腰をおろした。暇潰しに、傍らのマガジンラックから雑誌を一冊取り出して読もうとしたとき、マガジンラックのそばに落ちていた一枚の紙きれに気が付いた。どうやら、テーブルの上か何かに置いてあったのが、開け放した窓から入ってきた風のせいで、舞い落ちたものらしい。

何気なくそれを拾いあげて、私は裏を返した。その瞬間、心臓がドキンと鳴った。

白い便箋のような紙に、切り抜かれた新聞か何かの活字が貼りつけてあった。そこにはこう書かれていた。

「幸福な結婚などできると思うなよ。塩酸事件を忘れるな。一生おまえにつきまとってやる」

＊

なにこれ。

私はその不揃いに歪んだ、凶々《まがまが》しい文字を見ながら、呆然とした。誰がこんなものを

——そう口に出して言いかけたが、あっと思った。塩、酸、という二文字が、私に忘れかけていた過去の事件を思い出させたのだ。

あいつだ。これを書いたのはあいつに違いない。新聞の切り抜きなど使って筆跡を隠そうとしても、あの男の仕業であることはすぐに分かった。

庄司彰男。

十一年前、姉をひどい目に遭わせた男だった。姉の首の付け根から右肩にかけて、あのいたましい事件の痕が今も薄茶色の痣《あざ》になって残っているのを私は知っている。

あれは私がまだ中学生の頃だった。ある夏の夕方、姉があげた、「ぎゃっ」という凄まじい悲鳴は、うちの中にいた私の耳にも聞こえてきた。姉がその頃付き合っていた庄司彰男という男に呼び出されて外に出た直後だった。

悲鳴に驚いて表に飛び出してみると、姉が門の前で両手で胸をかばうようにしてうずくまっていた。そのそばで庄司が瓶のようなものを手にしたまま、放心したように立ち尽くしている。夕闇の中で、庄司の顔は幽鬼のように見えた。

何が起きたのか分からなかった。ただ、もがき苦しむ姉の姿と、あたりに漂う異様な刺激臭に、私はただごとではないと感じただけだった。

庄司が姉に向かって濃塩酸をぶちまけたと分かったのは、うちの者が呼んだ救急車が姉を病院に運んだあとだった。

庄司彰男は姉が大学生の頃から付き合っていた男だった。うちにも何度か遊びに来たことがあった。いずれ、時が来たら、姉はこの人と結婚するものだとばかり私は思っていた。そう思っていたのは私や家族ばかりではない。庄司自身もそう思い込んでいた。

ところが、姉は、その頃持ちかけられた見合い話の方に心が動いて、庄司を振ろうとしていた。見合いの相手は、資産家の息子で、歯科医だった。急に冷たくなった姉の態度に逆上した庄司は、高校の化学教師をしていたことから、実験室に保管してあった塩酸を盗み出し、それで心変わりした恋人の顔を焼こうとしたのである。

ただ、不幸中の幸いで、咄嗟《とっさ》に姉が身を翻したおかげで、顔は無事だった。それでも塩酸は姉の首から肩にかけて降りかかり、その部分を衣服ごと焼いた。姉が負った火傷の痕は、進んだ整形外科手術のおかげで、今ではさほど目立たなくなっていたが、皮膚を移植したあとが、薄い痣となって残っている。

庄司は傷害罪で逮捕された。むろん、歯科医との縁談話もこの事件のおかげで壊れてしまった。その後、庄司は何年かの刑に服したと聞いていたが、それっきり、私たちの前には姿を現さなかった。

その庄司彰男が今ごろになって——

私は姉の部屋で偶然見付けてしまった恐ろしい手紙を手にしたまま、はっとした。姉があんなに乗り気になっていた金森さんとの縁談を突然断ったのは、この手紙が原因ではないだろうかと思いあたったからだった。

＊

姉が戻ってきたのは、それから二十分ほどしてからだった。私が来ていたことに少し驚いたようだが、すぐに嬉しそうな顔をした。郵便局に行ったついでに買い物をしてきたのだという。今お茶でもいれるからと、台所に立とうとした姉に私は言った。

「母さんから聞いたんだけど」

例の話をすると、姉の顔から笑みが消えた。

「何か理由があるんでしょ？」

そう問い詰めると、姉は暗い顔で押し黙った。

「どうして急に断るなんて言い出したのよ。お姉ちゃん、あんなに乗り気になっていたじゃない」

「それは」

姉はようやく口を開いた。

「やっぱり、相手も初婚の人がいいなと思ったからよ。なにもバツイチの人と焦って一緒にならなくてもって――」

「うそ」

私は言った。

「本当の原因はこれじゃないの」

手にした紙を姉に突き付けた。それを見た姉の顔がさっと青ざめた。

「あいつだね。いつ届いたの」

そうたずねると、姉は強張った表情で、私の手にある紙切れを見詰めていたが、ふいに顔が大きく歪んだかと思うと、啜《すす》り泣きはじめた。

「昨日。下の郵便受けに入っていたのよ。切手の貼ってない封筒に入れて」

「それじゃ、あいつがここまでやって来たってこと？」

私はぞっとしながら言った。

姉はこくんと頷いた。

「そうとしか考えられない……」

「どうして、母さんに言わなかったのよ。こんなものが届いてたって」

「言えないわよ。心配するに決まってるもの」

「それで、金森さんとのこと、断ろうと思ったのね」

姉は黙って頷いた。

「それに、それがはじめてじゃないのよ……」

姉は泣き腫《は》らした目で私を見た。

「はじめてじゃないって？」

私は驚いて聞き返した。

「五、六年前からかしら。無言電話が時々かかってくるようになったのよ。夜中とか、休日のときとかに。今から思えば、あれも庄司がかけていたんだわ。それが、四月に入って、金森さんとの話があったあと、手紙が届いたのよ。それと同じような新聞か何かの活字を切り抜いた脅迫状が。心配させちゃいけないと思って、母さんたちには言わなかったけど」

「その手紙、とってある？」

姉は首を振った。

「気味悪くなって破いて捨てちゃったわ。でも、『おまえがもし結婚したら、今度はおまえだけじゃなくて、結婚相手にも塩酸をぶっかけてやる』。そんな内容のことが書いてあった。ぞっとしたけど、ただの威《おど》しだと思ってたのよ。それが、昨日また届いて。しかも、前のは郵送だったけど、今度は切手が貼ってなかったから、庄司が直接ここまで来たみたいだった。あたし、もう怖くなって、これは、たんなる威しじゃないって思えてきて。それで、金森さんとの縁談はあきらめようと思ったの。あたしだけならともかく、金森さんにもしものことがあったらと思うと、あたし――」

姉はたまりかねたように両手で顔を覆った。

「そんな。なんでお姉ちゃんがあんなやつのいいなりにならなくちゃならないのよ。冗談じゃないわよ。ね、警察に行こう」

　私は腹立ちのあまり、姉の腕を取った。

「警察？」

　姉はぎょっとしたような顔をした。

「警察へなんか行って、どうするのよ」

「だって、これ、立派な脅迫状じゃない」

「でも、庄司が出したという証拠はないわ」

「証拠なんかなくても、あいつしかいないじゃないの、こんなもの書くやつは」

「それはそうだけど、警察って所は確かな証拠がなければ、なかなか動いてくれないって聞いたことがあるわ。そんな脅迫状が届いたくらいじゃ、何もしてくれないんじゃないかしら……」

　私はつかんでいた姉の腕を離した。そう言われてみればそうかもしれない。警察という所は、犯罪が起きてからでないとなかなか動いてはくれないものらしいからだ。

「もういいのよ。あたしがあきらめれば済むことなんだから。庄司もあたしが結婚さえしなければ、誰も傷付けようとは思わないだろうし」

　姉は溜息をついてそう言った。

「そんな……」

「これも身から出た錆《さび》かもしれないわ。あのとき、庄司と結婚していたら、こんなことにはならなかったと思うから……」

姉はふと過去を振り返るような目をした。

「彼を裏切ったあたしも悪いのよ。それに、考えようによっては、あたしを愛してくれたのは彼だけだったのかもしれないわ。今だにつきまとうなんてね。よっぽど執着がなければ、ここまでしないんじゃないかしら。そう思うと、なんだか彼が哀れになってしまって」

「だめだよ、そんな風に考えちゃ」

私は思わず叱りつけるように言った。自分の一生を台なしにしようとしている男を哀れむなんて、冗談じゃないと思った。たしかに、十一年前の事件では、被害者である姉にも非がないわけではなかった。だからといって、一生あの男の言いなりになっていいはずがない。でも、このままでは、姉は庄司の言いなりになるしかないだろう。なんとかしなければならないと私は思った。警察がだめなら——そのとき、ある人の顔が浮かんだ。

「ねえ、お姉ちゃん。この件はあたしに任せてくれない？」

「任せるって？」

姉はびっくりした目で私を見た。

「ちょっとね。あたしに考えがあるのよ」

「お願いだから、母さんたちには言わないでよ。心配かけるの厭だから」

姉は哀願するように言った。姉がこれほど親思いだとは知らなかったが、姉の気持ちはよく分かった。それに、母たちに相談したところで、おろおろするばかりで事が解決するとは思えなかった。

ようは庄司に会って、もうこれ以上姉につきまとわないように、直談判するしかないと思った。それには、まず庄司が今どこに住んでいるか探し出さなくてはならない。

あの人に頼もう。私はある女性の顔を思い浮かべながら、そう思っていた。

＊

「なるほど。話はよく分かった」

能勢《のせ》陽子は私の話を聞き終わると、手にしたボールペンの尻で、男のように刈り上げたベリーショートの頭をがりがりと掻いた。

「それで、その庄司彰男という男の居所をつきとめればいいんだね」

「そうなんです。お願いできますか」

「なんとかやってみるよ」

能勢先輩はそう言って、まかせておけというように、白い丈夫そうな歯を見せて笑った。

能勢陽子は私の高校時代の先輩だった。私は高校のとき、ソフトボール部のマネージャーをしていたことがあって、能勢先輩はソフトボール部のエースでキャプテンだった。高校を卒業したあとも、つかず離れずの交際が続いていて、私の結婚式にも出席してくれた。

その彼女がそれまで勤めていた旅行会社をやめて、「人探し」専門の探偵業をはじめたという話を聞いていたのである。

彼女のことを思い出した私は、姉のマンションを出ると、その足で、渋谷にある能勢先輩の自宅兼事務所を訪れたというわけだった。

「それでは、まず取っ掛かりとして、その庄司という男の実家の住所が分かると有り難いんだけどね」

能勢先輩はきびきびとした仕草でメモの用意をしながら言った。精悍な、という形容詞は、女性に向かって使ったら失礼にあたるかもしれないが、「精悍」という表現がピッタリくるような表情で、彼女は私の顔をじっと見詰めた。

出歩くことが多いせいか、いつ見ても日に焼けた膚に、子供のようなくりっとした、誠実そうな大きな目が、高校時代とちっとも変わっていなかった。

「たしか、実家は伊豆で民宿をやっているとか聞いたことがあります」

私は記憶をたどりながらそう答えた。まだ庄司が姉と親しくしていた頃、うちに遊びに来て、そう言っていたのをおぼえている。あの頃の庄司は優しかった。私のことも実の妹のようにかわいがってくれた。「いつか、真奈美ちゃんも遊びにおいでよ。とびっきり新鮮な魚を食べさせてやるからさ」。そう言って、屈託なく笑っていた庄司の顔をふいに思い出した。

あの気のよさそうな人が、まさか姉にあんなことをして、今もなお悪魔のようにつきまとっているとは。あの頃は想像さえしなかった。

「その民宿の名前、わかる？」

先輩がたずねた。

「たしか――」

記憶を探って、その名前を言うと、能勢先輩はそれを手帳に書き付けながら言った。

「実家さえ分かったら、たぶん、今の居場所をつきとめるのは簡単だと思うよ」

そのあと、私のおぼえている限りの情報、たとえば、あの事件を起こした頃、庄司が勤めていた高校とか、下宿先、そういったことを伝えた。

「で、もし、この男の居場所をつきとめたら、そのときはどうするつもり？」

ちょっと心配そうな表情をみせて、能勢先輩はたずねた。

「そのときは――」

私は言った。

「彼に直接会ってみようと思います」

＊

能勢陽子から連絡があったのは、それから三日後のことだった。鎌倉の家に電話がかかってきて、庄司の居場所が分かったと言う。

「どこですか」

私は受話器を肩に挟むと、メモの用意をした。

「川越だよ」

「川越って、埼玉の？」

私は聞き返した。

小江戸とも呼ばれ、江戸情緒がいたるところに残っているという、あの川越だろうか。

「そう。あの川越」

能勢先輩は庄司が今住んでいるというアパートの住所を言った。私はそれを書き取った。川越といえば、西武新宿線の終点が本川越である。姉のマンションは西武新宿線沿いの上石神井だから、近いとまで言わなくても、やはり庄司は姉のすまいとそれほど遠くはないところに住んでいたのだ。

「あの、それで、彼はまだ独りなんですか」

私は小声でたずねた。電話の置いてあるリビングの窓から庭が見える。庭には舅の姿があった。背中を丸めて庭木の手入れをしている舅に聞こえる心配はなかったが、つい声を潜めてしまった。

「らしいね。結婚してたら、あんな脅迫状を出しはしないだろう」

それはそうだ。今もなお、姉を思っているというか、恨んでいるからこそ、つきまとっているわけだから。彼がまだ独身でいることは十分考えられた。

「仕事は何をしてるんですか」

まだ教師をしているのだろうか。むろん、前に勤めていた高校は辞めたのだろうが。

「それがね、タクシーの運転手をしてるらしいんだよ」

「タクシードライバー……」

先輩の意外な返事に私は思わず呟いた。高校の化学教師をしていた人が、今はタクシードライバー。なんとなく、そこに人生というものを感じた。

＊

翌日の午後、東京に出ると、私は高田馬場で西武新宿線に乗り換えて、本川越まで行った。庄司彰男のアパートは、童謡の「通りゃんせ」の歌詞のモデルとも言われる、三芳野《みよしの》神社のそばにあった。

築後十年以上はたっていそうな木造のアパートの一〇三号室に、「庄司」とマジックで書かれた表札が出ていた。私はおそるおそるドアをノックした。

中から男の声がした。と思うと、ドアが開いて、髪をぼさぼさにした痩せた男が出て来た。印象はだいぶ変わっていたが、あの庄司彰男に間違いなかった。

「どなた？」

私を見ても分からないらしく、庄司はぶっきらぼうに言った。

「私のことおぼえてませんか」

私はそう言ってやった。庄司は、「え」という顔になった。以前、かけていた眼鏡をかけていなかった。そのせいか、じっと私の顔を見詰めていたが、まだ分からないようだった。

「吉永です。吉永真奈美」

旧姓を言うと、庄司の表情が崩れて、あっという顔になった。

「真奈美……ちゃん？」

信じられないという顔で私をまじまじと見た。

「今は結婚して山内ですけど」

「結婚？　そうか。もうそんな歳になったのか。あの頃はまだ中学生だったのに」

庄司はなつかしそうにそう言いかけたが、すぐに怪訝そうな顔になって、

「だけど、どうして――」

「姉の件で」

私は思いきって言った。姉のことを言った途端、庄司の表情が暗くなった。

「おぼえてますよね。姉の朋美のこと」

庄司は無言でかすかに頷いた。

「姉のことで話があって来たんです」

そう言うと、庄司は何か言いたそうに口を開きかけたが、思い直したように、ドアを大きく開き、「どうぞ。立ち話もなんだから」と言って、私を中に入れてくれた。

男の一人住まいにしては部屋は奇麗に片付いていた。狭いキッチンには黄色い花を生けた質素な水差しまで置いてあった。

「お姉さんのことで話って――」

庄司は六畳ほどの和室に私を通すと、薄っぺらい座布団を出しながら、不安そうな顔つきで言った。

「話の内容はお分かりのはずですけど」

私は少し切口上で言った。

「これを姉に出したのはあなたでしょう？」

私はハンドバッグを探ると、あの脅迫状を取り出し、それを庄司の鼻先に突きつけた。

「どこまで姉を苦しめたら気が済むんですか」

庄司は髪を掻きあげながら、私が突き付けた紙切れをじっと見ていた。

「あなたは姉にあんなことをしただけでは足りなくて、無言電話をかけたり、こんな脅迫状を送ったりしたそうじゃないですか。どういうつもりなんです。一生、姉につきまとうつもりですか。姉には今とても良い縁談があるんです。でも、あなたの報復を恐れて、姉はそれをあきらめようとしています。もういいかげんにしてください」

「ちょ、ちょっと待ってくれ」

庄司は血相を変えて言った。

「つきまとうとか、脅迫状とか何の話だ。おれにはさっぱり分からない」

「しらばっくれても無駄ですよ。それを姉のマンションのポストに入れたのはあなただってのは分かってるんだから。姉が何もかも話してくれたんです。五、六年前から、あなたにずっとつきまとわれていたって。姉が結婚したら、今度はその結婚相手にまで塩酸をかけてやると威したそうじゃないですか」

「朋美さんがそう言ったのか」

庄司は恐ろしい目でそうたずねた。

「そうです」

私は言った。

「朋美さんがこの脅迫状をきみに見せて？」

庄司はなおもそうたずねた。

「いいえ、そうじゃありません」

私は脅迫状の方は姉が留守の間にたまたま見付けたことを話した。

庄司は黙って聞いていたが、聞き終わると、なんともいえない表情で微かに笑った。それは泣き笑いとでも言いたくなるような奇妙な笑顔だった。

「きみは勘違いしているんだ」

笑ったままの顔で庄司は言った。

「勘違い？」

私はぽかんとした。

「きみは大きな勘違いをしているんだよ。その証拠を見せてやるよ」

庄司は何を思ったのか、つと立ち上がると、箪笥の前まで行き、引き出しを開けると、そこから紙切れのようなものを取り出した。

それを持って、私のところまで戻ってくると、その紙切れを私の鼻先に突きつけた。さっき私がそうしたように。

「それを読んでみろよ。そうすれば、きみがどんな勘違いをしていたか分かるから」

私は何がなんだか分からないままに、その紙切れを取ると、目を通した。

「もしおまえが結婚して人並みの生活をしようなどと思ったら、おまえの結婚相手の顔を塩酸で焼いてやるから覚悟しろ」

新聞から切り抜いたような、不揃いの活字が並んでいた。

私は何度も読み返した。それは姉が貰ったという脅迫状の文面に似ていた。しかし、どうも話がおかしい。なぜこれが彼の部屋にあるのだろう。庄司はこれを姉あてに出したはずなのに……。

「どうして、これが――」

そう言いかけると、

「おれの方なんだよ」

庄司がポツンと言った。

「え」

「この六年間、無言電話に悩まされ、脅迫状を送られていたのはおれの方なんだ。つきまとわれていたのはおれの方なんだよ」

＊

「あなたが？」

私はようやくそれだけ言った。頭が混乱していた。庄司がつきまとわれていた？　姉ではなくて？

「そうだよ。つきまとわれていたのはおれの方なんだ。朋美さんがきみに話したのは、全部事実とは逆だったんだよ。その脅迫状はおそらく彼女が書いたものだと思う」

庄司は少し悲しそうな顔になって言った。

「姉が？　これを？」

私は信じられない思いで聞き返した。

庄司は頷いた。

「おれもまさかとは思っていたんだけど、今のきみの話を聞いて確信がもてた。その二通の脅迫状を比べてみろよ。同じ便箋を使っているし、明らかに同じ人間が出したものだと思う」

私は持参した脅迫状と庄司が差し出した脅迫状とを見比べた。たしかに彼の言う通りだと思った。

「きみが朋美さんのマンションで見付けたその脅迫状は、彼女が受け取ったものではなくて、これから出そうとしていたものだったんだよ。それを偶然、きみに見付けられて、咄嗟に自分の方が受け取ったような振りをしたんじゃないだろうか」

庄司は言った。

私はそれを聞いて、あっと思った。そういえば、あのとき、姉は郵便局に行ってきたと言っていたではないか。そのついでに買い物をしてきたと。あれは、もしかしたら、脅迫状を郵送するために切手か何かを買いに行っていたのではないだろうか……。

それに、考えてみれば、あの姉の性格からして、こんな脅迫状を受け取っていたら、その段階で騒ぎ出していたはずだ。それを黙っていたのは、両親に心配をかけたくなかったからではなく、そんな脅迫状など受け取っていなかったから、いや、脅迫状を出していたのは自分の方だったから——

「あの塩酸事件のことをそんな風に書いてくるのは、彼女か彼女の家族しかいないわけだし——」


「そんな」

私は思わず呟いた。

「おれも最初は朋美さんがやったとはとても信じられなかった。でも、あの塩酸事件のことをそんな風に書いてくるのは、彼女か彼女の家族しかいないわけだし——」

もし庄司の話が本当だとすると、二通めの脅迫状にある、「塩酸事件を忘れるな」という言葉は、「おまえが私に塩酸をかけた事件を忘れるな」という意味だったことになる。

そう言われてみれば、そういう意味にも取れる言葉だった。

「でも、そうすると、この結婚相手というのは——」

私は慌てて言った。金森さんのことではなかったのか。

「三年ほど前から付き合っている女性がいるんだよ。おれが十一年前にしでかしたことを承知の上で、おれを受け入れてくれた人だ。たぶん、朋美さんはおれの事を調べて、彼女の存在を知ったんだと思う。自分をあんな目に遭わせた男が結婚なんかして人並みの生活をするのが許せなかったんだろう」

私はキッチンに飾ってあった水差しを思い出した。そして、男の一人住まいにしては小奇麗な部屋の様子。女性の気配を感じた。庄司はまだ独身だったかもしれないが、付き合っている女性はいるのだ。彼が嘘を言っているとは思えなかった。

「これはいつ届いたんですか」

私は庄司が出してきた脅迫状の方を見ながらたずねた。

「たしか、四月の末頃だったと思う」

庄司は思い出すような目で言った。

ということは、金森さんとの縁談が持ち上がったあとで、姉はこの脅迫状を出したことになる。

それは妙だ、と私は思った。

四月の末頃といえば、金森さんとの縁談話は着々と進んでいた頃だ。ようやく理想に近い男性と巡りあえて、しかも、相手にも気にいられた様子で、姉なりに幸せを感じていた頃のはずだった。それなのに、一方で、こんな陰湿な脅迫状を庄司に送っていたとしたら、姉の心理状態は一体どうなっていたのだろう。

脅迫状などを書く人間の心理は私には分からないが、その人間が不幸な状態にいることだけは分かる。幸せな人間が、他人を不幸に陥れる脅迫状などを書こうと思い付くはずがないからだ。不幸な人間だけが、他人を不幸にしようと思い付くものだから。

それに、もし脅迫状を出したのが姉の方だったとすると、姉はなぜあんなに乗り気になっていた金森さんとの縁談を自分から断ろうとしたのだろうか。

そのことをそれとなく庄司に言うと、庄司彰男は首をかしげて、

「さあ、おれには分からない。でも、朋美さんとその金森という人の間で何かあったんじ

ゃないだろうか」

そう言ったあとで、不安そうな顔でたずねた。

「まさか、あの火傷の痕のせいで――」

「それはないと思います」

私はきっぱり言った。庄司が何を心配しているのかはよく分かった。しかし、姉が今まで良縁に恵まれなかったことに、姉自身はどう思っているか知らないが、十一年前の事件がそれほど影響しているとは私には思えなかった。やはり、姉の性格が一番の要因のように思えた。そのことを言うと、庄司はほっとしたような顔をした。

「それがずっと気掛かりだったんだ。人づてに整形手術がうまくいって、火傷の痕はそんなに目立たなくなったとは聞いていたんだが、もし、おれのしたことが朋美さんの一生を狂わせてしまったらって考えると――実をいうと、今付き合っている人との結婚を一日延ばしにしてきたのも、できれば、朋美さんが結婚して幸せになったのを見届けてからと思っていたものだから……」

うなだれて、庄司彰男はそう言った。庄司の言葉に嘘はない、と私は直感的に思った。

＊

庄司彰男のアパートからうちのめされたような思いで出てきた私は、このまま金森さんをたずねてみようと思いたった。姉が縁談を断ろうとした理由は、こうなったら金森さんに直接会ってみなければ分からないような気がしたからだ。

本川越駅の公衆電話から実家の母へ電話をかけて、金森さんの事務所の電話番号を聞いてから、その事務所に電話をいれてみた。幸い、金森さんは事務所にいた。面会を申し入れると、これからちょうど仕事で新宿まで出るので、新宿駅で待ち合わせようという話になった。

新宿駅の東口で待ち合わせた私たちは、目についた喫茶店に入った。金森さんは初夏を思わせる明るいブルーの背広を着ていた。写真でしか見たことはなかったが、写真よりも男前に見えた。

私は思い切って、姉が突然縁談を断ると言い出したことを率直に打ち明けた。

驚くかと思った金森さんは、かすかに眉をひそめただけで、「そうですか」としか言わなかった。理由も聞こうとしない。変だなと思った。まるで、こうなることを予測していたような落ち着き払った態度だったからだ。

「でも、なんとなく姉の様子がおかしいんです。断る理由もはっきりしないし。それで、もしかしたら、何か私たちには言えない事情があるのではないかと、母が心配するものですから……」

運ばれてきた紅茶に手をつけながらそう言うと、金森さんは、しばらく考えこむようにテーブルを見詰めていたが、ちょっと溜息をつき、

「それでは、かえってご迷惑をかけてしまったようですね」

と意味不明のことをボソリと言った。

「え」

私は口もとまで運びかけた紅茶カップを途中でとめた。

「こうなったら、すべてお話ししてしまった方が、かえってスッキリするようですね……」

金森さんはそう言うと、腹を決めたような顔で私の目をまっすぐに見た。

「実は、この話を断ってくれと朋美さんに頼んだのは、私なんです」

「え、それは——」

「もともと私はこの話には乗り気ではなかったんです。しかし、母がひとりで勝手に事を運んでしまったもので、つい断りきれなくなってしまって——いえ、朋美さんが気にいらないとかそういうのではないんですよ。ただ」

金森さんはやや言いにくそうに、

「私は前の女房があきらめられなかったのです。離婚したといっても、お互いが厭になって別れたわけではありません。妻と母の間がうまくいかなくて、それがこじれて離婚というところまでいってしまったのです。でも、別れてみても、他の女性とやり直す気にはなれなかった。彼女の方も同じようでした。それで、二人で何度も話しあった結果、もう一度やり直すことに決めたんです」

　話しだすと、さすがに弁護士だけあって、立板に水のような話しぶりだった。

「折を見て、母にも話すつもりでいました。そんなときに、母が朋美さんとの見合い話を持ってきたのです。一度は断ったのですが、母が会うだけでもとしきりに言うし、今ここで母の機嫌を損ねたら、前の女房との復縁話もしにくくなると思って、会うだけならと思って、お会いしたのです。それがどういうわけか、話がどんどん進んでしまって、朋美さんの方もすっかりその気になっているようなので、私は慌てて打ち明けました。前の女房と復縁するつもりでいると。それで、朋美さんの方から、何か私の欠点を見付けて、それを理由に断ってくれないかと頼んだのです。私の方から断れば、朋美さんに傷がつきます。それに、母の機嫌も損ねてしまいます。でも、朋美さんの方から断ってくれれば、母もあきらめてくれると思ったのです。そうすれば、誰も傷つかずにすむと……」

　そういうことだったのか。私は紅茶を飲む気をなくして、受け皿にカップを戻した。誰も傷つかない方法なんてあるのかしらと思いながら。

「金森さんがその話を姉にされたのはいつ頃ですか」

　念のためにたずねてみた。

「そうですね。あれは四月の半ばをすぎた頃だったでしょうか」

　金森信一はそう答えた。

そうだったのか。

ようするに、「断る」という形で姉は断られていたのだ。今度こそと思っていた縁談にも希望を失って、そのうっくつした思いが、あんな脅迫状を書かせたのだろう。やはり、あの脅迫状を書いたのは姉の方だったのだ。私はそれを認めざるをえなかった。

「しかし」

　金森さんがふと言った。

「私がその話をしたとき、朋美さんはかえって嬉しそうでしたよ」

「嬉しそうだった？」

　私は面くらって聞き返した。そんなはずはない。姉が嬉しがるはずがない。姉はがっかりしたはずだ。

「彼女は笑いながら、実は、彼女の方も同じことを考えていたと言いましたから」

「それはどういう意味ですか」

「あれ、まだ聞いてないんですか」

　金森信一はきょとんとした。

「なんのことでしょう？」

「朋美さんにも好きな人がいるんだそうです。ただ、その人をご家族に紹介する前に私との見合い話が持ち上がってしまったとかで。私同様、断りきれないままに見合いをしてしまったが、いずれ、この話は、折を見て、断るつもりでいたと——」

「姉がそう言ったんですか」

私は信じられない思いで言った。

「ええ」

姉に好きな人がいる？　そんな話は聞いたこともなかった。

「あの、その姉の好きな人というのは」

「なんでも、高校で化学の教師をしている人だそうですね」

なにげない声で金森さんは言った。

「えっ」

「昔、軽い傷害事件を起こしたことがあるそうで、それを気にして、ご両親に紹介するのが遅れてしまったとか」

「あ、姉はその人と結婚するつもりだと言ったんですか」

「ええ。そのうち、ちゃんとご両親にも紹介するつもりでいると、とても幸せそうにおっしゃってましたよ——」

金森さんは何かしゃべっていたが、もう私の耳には彼の言葉は届かなかった。姉はどういうつもりでこんな嘘を話したのだろう。たんなる見栄だろうか。それとも——

そこまで考えたとき、はっとした。あの脅迫状を姉のマンションで見付けたとき、姉が遠い目をして、呟くように言っていたことを思い出したからだ。

「……考えようによっては、あたしを愛してくれたのは彼だけだったのかもしれないわ。今だにつきまとうなんてね。よっぽど執着がなければ、ここまでしないんじゃないかしら……」

あの言葉はそのまま姉にこそあてはまるのではないだろうか。ふとそんな気がした。姉は気が付いたのだ。十一年もたって、ようやく自分が誰を必要としているか。誰を愛していたか。だから、庄司彰男の居場所を調べ、しつように無言電話をかけ続けたのではないだろうか。あれは、塩酸をかけられたことを恨んだいやがらせというよりも、もっと単純で切実な動機――昔の恋人の声が聞きたかっただけではなかったのか。

そして、姉が出したあの脅迫状は、恨みによるものではなく、姉が生まれてはじめて書いたラブレターだったのではないだろうか。

行間に秘めた思いが永遠に相手に伝わることのない、悲しく歪んだ恋文だったのではないか。

私にはそう思えてならなかった。

六月の花嫁

休日でもないのに、青梅市にある釜の淵公園には人があふれていた。大きく蛇行する多摩川に囲まれた、この森林公園の河原には、バーベキューを楽しむ若いグループや家族連れの姿があちこちで目につく。

柳淵橋《りゅうえんばし》の手摺りから身を乗り出すようにして、とうとうと流れる多摩川を眺めていた私の背後で、ふいに男の声がした。

「あのう、失礼ですが――」

振り向くと、白いポロシャツを着た、二十七、八の青年が立っていた。同じデザインのピンクのポロシャツを着た若い女性を連れている。女性の片手はさりげなく青年の腕に添えられていた。

「以前、うちによくみえた方じゃありませんか」

青年は幾分とまどいながら、そんなことを言った。

「え」

私は、その青年が誰だか分からず、面食らって彼の顔を見た。そう言われてみれば、どこかで会ったような顔ではある。が、思い出せなかった。

「『かつた』ですよ」

青年はなおも言った。かつた。そう聞いた途端、突然記憶が蘇った。

「ああ、あのラーメン屋の？」

思わずそう言うと、青年は大きく頷いた。

「やっぱりそうだったんですね。さっきからそうじゃないかって気がしてたんです。でも、人違いかもしれないとも思って、なかなか声をかけられなかったんです」

青年は嬉しそうに白い歯をみせて笑った。

その青年が誰だか思い出すと、少しうろたえた。まさか、こんな場所で彼と再会するとは夢にも思っていなかったからだ。

「お知り合い？」

連れの女性がもの問いたげな表情で、青年の顔を見上げた。丸顔のかわいらしい感じの女性だった。

年の頃は、二十一、二というところで、化粧っ気はなかったが、物腰にどことなく育ちの良さが感じられた。

「前にうちによく来てくれたお客さんだよ」

青年は屈託のない口調で連れの女性にそう説明した。私は首を竦《すく》めたくなった。青年の記憶力の良さが少々恨めしかった。

青年は勝田実《みのる》といって、東大和市の駅前で、母親と二人で小さなラーメン屋をやっていた。私は、ある理由から、その店に二週間ほど通い詰めたことがあった。

二年前の話である。

すよ」

「急にフッツリとみえなくなったんで、どうしたんだろうっておふくろと話していたんで

「ひ、引っ越しちゃったのよ。それで、足が遠のいてしまって――」

私は慌てて言った。これは嘘だったが、こうでも言うしかなかった。

「そうだったんですか。引っ越されたんですか。おふくろが心配してたんです。もしかしたら、あのお客さん、うちの味に飽きちゃったんじゃないかって」

「そういうわけじゃないけど」

「それで、今はどちらに？」

「渋谷の方にね……」

私は仕方なくそう答えた。

「渋谷ですかあ。それじゃ、無理ですよね。東大和まで毎日通うのは」

勝田青年は無邪気に笑った。二年前と変わらぬ、いかにも人の良さそうな笑顔だった。

「今日は店の方はお休み？」

話題をかえたくてそうたずねると、勝田実は頷いた。

「ええ。木曜は定休日なんです」

「それで、彼女とデートというわけか」

ちらと連れの女性の方を見ながら言うと、勝田は照れたように頭を掻き、女性の方もも

じもじした。ペアルックの服装や、二人の雰囲気から見て、この女性は彼の恋人に違いないと踏んだ。

　恋をすると奇麗になるのは、なにも女性ばかりではない。それは男性も同じらしくて、勝田実は二年前よりもどことなくお洒落というか、身奇麗になっていた。すぐに分からなかったのもそのせいである。

「あの、紹介します。おれの婚約者です」

　勝田実はそう言いながら、傍らの女性を前に突き出すような仕草をした。

「はじめまして。ニイミハルカです」

　連れの女性ははにかみながら、ペコンと頭をさげた。

「ニイミさん？」

　私は一瞬ドキリとした。ニイミ。新見と書くのだろうか。まさか——。

「あ、どうも。私、能勢《のせ》といいます」

　私ははじめて自分の名前を名乗った。

「で、式はいつなの？」

　そうたずねると、心なしか勝田実の顔が曇った。

「それが」

　勝田は口ごもってから、

「彼女はジューン・ブライドになりたがっているんですけれど、このままだと、式は挙げられるかどうか分からないんです」

とボソリと言った。何か事情のありそうな顔つきだった。

「あ、そう……」

それ以上訊くのもどうかと思っていると、

「式を挙げても、彼女のお父さんが出てくれないのでは――」

勝田は自分から話しはじめた。

「どうして出てくれないの」

「彼女のお父さんがおれたちの結婚に反対してるんですよ。まあ、世間によくある話なんですけどね」

勝田実は溜息混じりに言った。

「彼女は一人娘なんです。だから、いずれは養子を迎えて医院を継ぐことになっていたんです。おれの方も養子に行くわけにはいかないし」

「平成版ロミオとジュリエットというわけね」

私はそうからかいながらも、勝田が言った言葉が気になっていた。

医院を継ぐ？

「医院を継ぐって、まさか？」

気になってたずねてみた。

「彼女の父親は医者なんです。川崎で産婦人科専門の医院を経営してるんです」

勝田は複雑な表情でそう答えた。

やっぱり。思った通りだった。あの新見に間違いない。それにしてもどういうことなのだろうか。なぜあの新見の娘が？

私は目の前のカップルに俄然興味をおぼえた。

「ねえ、こんな所で立ち話もなんだから、どこかでお昼でも一緒にしながら、ゆっくり話さない？」

二人からもっと詳しい話を聞きたくなってそう言ってみた。ちょうど昼どきでもあった。

「それなら、ここでお弁当食べませんか」

にこにこしながら答えたのは、実の婚約者の方だった。

「お弁当作ってきたんです。ちょっと作りすぎちゃって、三人前くらいありますから」

そう言って、背中に背負っていたナップザックを揺すってみせた。

＊

雑木林の中にある高台には四月の風が気持ち良く吹き抜けている。近くには、板垣退助の銅像が立っていた。高台の先端に備え付けられた木のベンチに腰掛けると、新見ハルカはナップザックの中から、かわいらしいハンカチで包まれた容器を取り出した。中には、手作りらしいサンドイッチが入っていた。

「あなたたち、どういうきっかけで知り合ったの」

ハルカがすすめるサンドイッチを一切れ取りながら、私はさりげない声でたずねた。

「おふくろの交通事故だったんですよ、きっかけは」

実がサンドイッチにかぶりつきながら言った。

「えっ。交通事故？」

聞き返すと、実は笑って、

「交通事故って言うのはちょっと大袈裟だったかな。彼女のお父さんの運転する車が、うちのおふくろをはねちゃったんですよ。いや、はねたというより、かすったと言った方が正確かな」

「それ、いつのこと？」

私は口をはさんだ。手にしたサンドイッチを食べるのも忘れていた。

「あれは」

と、実は思い出すような顔になって、

「二年前の夏頃だったかな。そうそう。ちょうど、能勢さんがうちの店に来なくなった頃ですよ」

「それで？」

私は先を促した。

「おふくろが死んだおやじと再婚だったたって話、前にしましたっけ?」

「ええ、聞いたわ」

実が「おふくろ」と呼んでいる勝田茂子が、実にとっては血のつながらない継母であると前に聞いたことがあった。

「おふくろはおやじと再婚する前は川崎に住んでいたんです。川崎には、前の旦那さんの墓があるとかで、今でも命日には墓参りを欠かしたことがないんですが、事故はその墓参りの帰りに起こったんです……」

赤信号なのに道路を渡ろうとした茂子が、ハルカの父親の運転する車にぶつかったのだという。

「ぶつかったといっても、さっき言ったように大したことはなかったんです。ショックで尻もちをついたくらいで。怪我もなかったんです。

でも、車を運転していた新見さんはびっくりしたらしくて、そのまま帰ろうとするおふくろを、頭でも打っていたら大変だからと、わざわざ知り合いの病院に連れて行って検査までしてくれた上に、おふくろをうちまで送ってくれたんですよ」

勝田実は早くも二個めのサンドイッチをたいらげながら話を続けた。

「それじゃ、あなたがたの両親の方が最初に出会っていたというわけ?」

私はたずねた。

「そういうことになりますね」

実は頷いた。

「ところが、あとで分かったんですが、新見さんとおふくろは知り合いだったんですよ。ああいうのを奇遇というんでしょうね。二十二年前、おふくろがお産をしたとき、世話になったのが新見さんの医院だったたっていうんです」

「お産？」

私は思わず聞き返した。私が聞いた話では、勝田茂子と前の夫の間には子供はいなかったはずだが……。

「おふくろは子供を産んだことがあったんです。でも、その子は未熟児だったようで、生まれてすぐに死んだそうです」

「ああ、そうだったの」

「昔なじみだと分かったせいもあって、それから、新見さんは時々うちの店に顔を出してくれるようになったんです。そのうち、渓流釣りという、おれと同じ趣味を持っているのが分かって、互いに暇を見付けては、一緒に釣りに行くこともあったんですよ。そんなある日――」

勝田実の話だと、新見と知り合って二、三カ月した頃、一緒に鮎釣りに出掛ける約束をしていた日、待ち合わせの場所に行ってみると、新見の代わりに若い女性が待っていたのだという。

「それが彼女でした」

勝田は照れながら言った。

「父に急用ができてしまって鮎釣りに行けなくなってしまったんです。それを実さんに連絡できなかったので、あたしが代わりに行ったんです。最初は父が来られないことだけを伝えて帰るつもりだったんですが——」

今度はハルカの方が話を引き取ってそう言った。

「それが二人が出会うきっかけだったわけね？」

私が言うと、実とハルカは顔を見合わせて、ふふと笑いあった。

「一目ぼれでした」

勝田は頭を掻きながら、白状した。

「ハルカさんを見て、一目で感電してしまったんです。もうそれからは寝てもさめても彼女のことが頭から離れなくなって」

そのうち、ハルカの方もそんな実の情にほだされたというか、だんだん、気持ちが実の方に傾いていったのだという。

「でも、その頃からなんです」

それまではほほ笑んでいたハルカの顔が俄かに曇った。実の顔もつられたように憂鬱そうになった。

「父の様子がおかしくなったのは、あたしたちの仲に気が付いて、それとなく、あたしたちを会わせまいとするようになったんです。実さんから電話がかかってきても、あたしが留守だと言って勝手に切ってしまったり、実さんから来た手紙を隠してしまったり。

以前には、あんなに実さんのことを好青年だとほめていたのに、だから、あたしも実さんに会う前からなんとなく好感を持っていたのに、あたしたちが付き合っているのを知ると、掌を返したように、ひどいことを言うようになったんです。

たとえば、実さんが高校しか出ていないことや、お父さんが亡くなって母子家庭に育ったことやなんかをあげつらうようになったんです。そもそも、実さんが実力があるのに大学へ行けなかったのは、高校二年のときにお父さんが急死して、店の方をお母さん一人には任せておけなくなったからです。それなのに、父ったら……。父が学歴だとか家柄だとかにこだわる人だとは思っていなかったので、あたし、凄くショックでした」

ハルカは食欲がなくなってしまったというように、食べかけのサンドイッチを手にしたまま、うなだれた。

「それだけじゃありません。まるで実さんより優秀な青年はいくらでもいるとでもいうように、大学病院に勤める独身の医師とか、知り合いの医者の息子さんとかをしきりにうちによぶようになったんです。さりげない風を装っていましたが、父の魂胆はみえすいていました。あれは一種のお見合いだったんです。いずれ、あの青年たちの中から、あたしの結婚相手を見付けようというつもりだったんです。でも、残念ながら、父の策略は成功しませんでした。だって、父が紹介してくれる人たちときたら、みんなエリート意識ばかり高い鼻持ちのならない連中ばかりだったんですもの。あたしには、いよいよ実さんの方がすてきに見えてきたんです——」

恋は障害があってこそ燃え上がるという。

まさにその典型だったようだ。それまでは、たんなる好意程度の感情しか抱いていなかった勝田実に対して、ハルカが好意以上の感情を抱くようになったのも、娘を意のままに操ろうという父親への反発がかなりあったようだった。

「あたし、父のことは大好きだけど、父の敷いたレールの上を歩くような人生は送りたくなかったんです。父は、その方があたしのためだと言うんですけど、あたしは厭だったんです。結局、何度話しあっても、父に分かって貰えなくて、とうとう、うちを出てしまったんです」

「うちを出たって、それじゃ、今は？」

「実さんの家にいます。お姑《かあ》さんがとてもよくしてくれるんです」

ハルカの表情がふっと和らいだ。

「茂子さんの方はあなたがたの結婚に賛成しているのね」

そうたずねると、二人は同時に頷いた。

「おふくろは大賛成です。ハルカさんを一目で気にいったくらいですから」

実は嬉しそうに言った。

「あたしの母は三年前に亡くなったんですけれど、お姑さんといると、本当の母といるような気持ちになれるんです。これ、お世辞でも何でもないんですよ。本当なんです。あのお姑さんとなら、あたし、これから先もうまくやっていけそうな気がするんです」

「おふくろも、きみのことを赤の他人とは思えないみたいだよ。なにせ、きみの名付け親だったんだから」

実がハルカの方を見て言った。

「名付け親って？」

私はたずねた。

「二十二年前、ハルカさんのお母さんも同じ医院にいたんですよ。おふくろが未熟児を産んだ翌日に、ハルカさんが生まれたんです。子供が死んだと知らされて嘆いていたおふくろに、ハルカさんのお母さんと新見先生が気の毒がって、名前を付けさせてくれたんだそうです。それで、おふくろは、自分の子供に付けるはずだったハルカという名前——遥か彼方の遥と書くんですが——を付けたんだそうです」

「それは奇縁ねえ」

「そうなんです。おふくろもそう言ってました。あのときの赤ん坊が二十二年たって、まさか義理の娘になろうとはねえって」

「いやだ、実さんのそのしゃべり方、お姑さん、そっくり」

新見遥がころころと笑い声をたてた。

＊

二人と別れて、渋谷の事務所兼マンションに戻ってきた私は、ソファに腰をおろすや否や、「これはどういうことだろう」とつい独り言を言ってしまった。

勝田実から聞いた話は、恋物語としては、世間にざらに転がっている話のように思えた。しかし、私が腑に落ちないのは、新見遥の父親のことだった。

二人には言わなかったが、新見遥の父親とは面識があった。実をいうと、遥の父親、新見忠雄は私の顧客第一号でもあったのだ。

私がそれまで勤めていた旅行会社を辞めて、探偵業をはじめたのは二年前のことだった。まだ会社勤めをしていた頃、ふとしたことで友人の人探しを手伝うはめになった。苦労の末に友人の探し求めていた人物を探しあてたときの感激は、私が今までに味わったことのない類いのものだった。そのとき、「探偵」こそが私の天職ではないかとひらめいたのである。

思い立つとあれこれ考える前に行動に移さずにはいられないのは、私の持って生まれた性格である。

それにもともと会社勤めは苦手だった。小さくてもいいから一国一城の主になりたい、誰の下にもつきたくないし、誰の上にも立ちたくないというのが、女の子ながら、私の子供の頃からの願望だったからだ。

もっとも、思い立って、会社を辞め、マンションを借りて事務所を開いてみたものの、そうすぐに仕事が舞い込むはずもなかった。

一カ月ほど全く仕事にありつけず、これは早まったことをしたかなと内心後悔しはじめた頃だった。

たまたま大阪行きの新幹線の中で、川崎で開業医をしているという初老の紳士と乗り合わせた。

その紳士こそが新見忠雄だった。

席が隣合わせだったことで、最初はあたりさわりのない世間話などしていたのだが、そのうち、新見は私の職業を知ると、ちょっと考えるような顔つきになり、終点の新大阪に近付いた頃、ようやく決心がついたように、「ある女性を探して欲しい」と言い出したのである。

その女性の名前は松山茂子と言って、産婦人科医である彼の患者だった女性で、以前は川崎に住んでいたのだが、最初の夫と死に別れてから、再婚して川崎を離れたという所までは分かっていたらしい。

その女性を探し出し、それとなく彼女の今の生活状況を探って欲しいというのが、新見忠雄の依頼内容だった。

棚から転がり落ちてきたボタ餅のような初仕事だった。私がおおいにはりきったのは言うまでもない。まず、松山茂子の最初の嫁ぎ先の近所をあたって、茂子の再婚相手を探り出した。

茂子は前夫を病気でなくしたあと、小さな男の子がいる勝田護《まもる》という、東大和市でラーメン店を経営する男性と再婚したということまでをつきとめた。

私はさっそく東大和市に出向くと、客を装って、茂子の二度めの嫁ぎ先であるラーメン店を訪れた。

茂子は亭主運には恵まれていなかったらしく、二度めの夫とも既に死に別れ、義理の息子と二人暮らしのようだった。

私は近所に住んでいる振りをして茂子の店に通い詰めた。その間に、なにげない世間話から、茂子の今の生活状況を探り出そうとしたのである。

依頼主の満足が得られる報告書ができるまで、二週間ほどかかった。

仕事が完了すると、私はもうあのラーメン店には足をむけなくなった。それが、ひょんなことから、あんなところで勝田実にばったり出くわすとは……。

それにしても、妙なことを聞いてしまったものだ。実の恋人の遥は、私の依頼者だった新見忠雄の娘に間違いない。

新見がなぜ松山茂子、いや勝田茂子を探してくれと私に頼んだのか、その理由については、私は何も聞いてはいなかった。

ただ、実と遥が出会うきっかけになった、例の茂子と新見の「接触事故」が、実たちが思っているような「偶然」の出来事とはとても思えなかった。

前夫の墓参りに川崎を訪れた茂子が、たまたま、以前世話になった産婦人科医の車と接触事故を起こすという「偶然」くらいなら、ないとはいえない。

しかし、その産婦人科医が事故の直前に、たまたま、探偵を使って茂子のことを調べさせていたとなると話は違ってくる。ここまで「偶然」が重なると、人為的なものを感じないわけにはいかなかった。

新見と茂子の再会は、「偶然」などではなかったのだ。新見忠雄は私の報告を受けとったあと、ある意志を持って、勝田茂子と出会うチャンスを作ったとしか思えない。

でも、ここで頭を捻《ひね》ってしまうのは、いくら出会うチャンスを作るといっても、「接触事故」というのは、故意にやるには少々乱暴すぎるような気がした。

私の知る限りでは、新見忠雄は、いかにも医者という感じのする、物静かで知的な紳士だった。故意に接触事故など起こすような人物とは思えない。

となると、考えられる可能性はただ一つ。実が聞いたという、あの「接触事故」は作り話だったのではないかということだ。つまり、勝田茂子もこの件に関しては、新見忠雄とグルだったのではないだろうか。事故など最初から起こっていなかったのではないだろうか。ただ、実《みのる》に、二人の再会が偶然のもののように思わせるために、「接触事故」などという作り話をしたのだとしたら？

しかし、なんのために？

なんのために、新見はそんな策略まで用いて、勝田母子に接近しなければならなかったのだろう。それに、勝田茂子も新見の策略の加担者だとしたら、一体何のために……？

問題は動機だった。これが全く分からない。

考えこんでしまった私が、やがて、思い当たったのは、思い付いた私でさえ、「まさか、そんな」と言って笑い出したくなるような、なんとも奇怪な動機だった。

＊

「どうもお待たせしまして」

窓際の奥まった席にいた私の姿を見付けると、その中年女性は小走りに駆け寄ってきた。

「お忙しいところ、突然、お呼びたてしてすみません。どうしても、勝田さんに伺いたいことがあったものですから」

私はまずそう詫びた。東大和市の駅前の喫茶店だった。ここの電話で勝田茂子の店に電話をかけ、「話したいことがあるので、ちょっと出てきてくれないか」と頼んだのである。

釜の淵公園で勝田実とばったり再会してから、十日ほどがすぎていた。

「店の方、大丈夫ですか」

そうたずねると、茂子は笑顔になって、

「ええ、少しくらいならかまいません。遥さんが代わりにやってくれてますから。男のお客さんなんか、あたしみたいなオバサンがいるより喜んでますよ。そういえば、実の話だと、渋谷の方に引っ越しされたそうですね。毎日のように来てくれた人が急にみえなくなったんで、どうしたんだろうって思ってたんですよ」

茂子はなつかしそうな顔で言った。青梅市の公園で会ったことは、実から聞いているようだ。

「釜の淵公園で実さんと会ったときはびっくりしました。声をかけられてもすぐに誰だか分からなくて。結婚されたんですね」

「ええまあ、まだ正式ではないんですけどね。まあ、そのうち、うちわだけで祝いでもしようかと思ってるんですが——」

茂子は笑顔を絶やさずに言った。私は彼女の顔を見詰めながら、ああ、や、っ、ぱ、り、と思っていた。もはや、自分の推理に疑いを抱いてはいなかった。それがどんなに奇怪な推理であろうとも。

「実さんから聞いたんですが、遥さんのお父さんが結婚に反対されているそうですね」

そう言うと、茂子の顔から笑みが消え、真顔になった。

「ええ。無理もありません。遥さんは一人娘ですし、新見先生としては、当然、お嬢さんに婿養子を取って、医院を継がせるおつもりだったでしょうからねえ。大事な娘さんを横から奪ってしまったみたいで、あたしとしても心苦しいのですが、これぱっかりは、縁ですから――」

勝田茂子はハンカチを取り出すと、額を拭った。店から走ってきたのか、茂子の額には汗がびっしりと浮いている。

「なんでも、勝田さんは川崎に住んでいらしたことがあったそうですね。そのときに、新見先生のお世話になったとか」

「ええ。最初の夫の子供を身ごもったとき、新見先生には何かとお世話になったんですよ」

「そのとき、新見先生の奥さんも入院されていたそうですね？」

茂子の眉のあたりがピクンと動いた。

「そうなんですよ。あたしの子は生まれてすぐに死にましたが、新見先生の奥様の方は女の子を無事出産されたんです。奥様はあたしの子供が死んだと聞くと、自分のことのように気の毒がって、お子さんを抱かせてくれたんですよ。かわいらしい、丈夫そうな女の子でした」

「それが遥さんだったんですね」

茂子は頷いた。

「まさか、あのときの赤ちゃんが大きくなって実のお嫁さんになるなんて。もうあのときから、あたしたちは縁《えにし》の糸でしっかりと結ばれていたんですねえ」

「遥さんの遥という名前も茂子さんが付けたとか？」

「そうなんですよ。新見先生と奥様が、子供をなくしたあたしに同情されてか、赤ちゃんの名前をあたしに付けさせてくれたんです。それで、あたしはお言葉に甘えて、自分の子供に付けるはずだった名前を付けさせて貰ったんです。あのとき、先生はこうおっしゃいました。これで、亡くなったお子さんは遥の中で生き続けますよって。その通りでした。はじめて実が遥さんを連れてきたときも、なんだか赤の他人とは思えなくて。今も、お嫁さんというより、亡くなった娘が戻ってきたような感じなんですよ」

茂子は目を細め、感慨に浸るように言った。

「亡くなった娘ということは、生まれてすぐに亡くなったのは、女の子だったんですね」

そうたずねると、茂子はかすかに頷いた。

「縁といえば、新見先生と再会されたのも、不思議な縁でしたよね」

そう言うと、茂子は苦笑した。

「実はそんなことまで話したんですか。あれは男のくせにおしゃべりで」

「新見先生の車に接触されたとか？」

「あれはあたしが悪かったのです。ボンヤリ考えごとをしていて、信号が赤になっているのも気付かず、横断歩道を渡ろうとしたんですから。でも、驚いたのはそのあとです。車の中から飛び出してきた人を見て、それが新見先生だと分かったときは――」

「それがきっかけで、実さんと遥さんが知り合うようになったんですよね」

「そういうことになりますね。あたしを心配した新見先生がうちまで送ってくれたおかげで、実と先生が知り合うようになり、それがきっかけで、遥さんのことも知るようになったのですから。何度も言うようですが、不思議な縁としか言いようがありません」

「本当に縁でしょうか」

私は思い切って、そう言ってみた。

「は？」

勝田茂子の顔が一瞬強張《こわば》った。

「実さんと遥さんが出会い、愛し合うようになったのは、ただの不思議な縁によるものでしょうか」

「あの、何をおっしゃっているのか」

茂子はとまどったような顔になった。

「私は、実さんと遥さんは結ばれるべくして結ばれたと思っているんです。それも、偶然や縁などというものが入り込む隙間もないほど考え抜かれた計画に沿って」

＊

勝田茂子は穴のあくほど私の顔を見ていた。

「そ、それは一体どういうことでしょう？」

「私のこと、新見さんから聞いているんじゃありませんか」

そうたずねてみた。もし、茂子が新見忠雄とグルだとしたら、当然、新見は、私を使って茂子や実のことを調べさせたと話したはずだと思ったからだ。

「な、何の話やら――」

茂子はひどくうろたえたようだった。そのうろたえ方から、私が探偵だったことを既に知っているように思えた。

「実は私、こういう仕事をしている者です」

名刺入れから名刺を取り出すと、それを茂子に渡した。

「探偵さん？」

茂子は渡された名刺を一目見るなり、驚いたように私を見た。

「私が二年前におたくの店に通い詰めたのは、新見さんに頼まれて、あなたを探るためだったんです」

　私は率直に白状した。

　茂子はぽかんとした表情で私を見返していた。

「そのあとで、あなたと新見さんの接触事故が起きた。どう考えても、ただの偶然とは思えません。本当は事故なんかなかったんじゃありませんか。おそらく、あなたは新見さんに電話か何かで呼び出されて会っていたのではありませんか。そして、なにゆえか、実さんには、新見さんとは偶然出会ったように思わせようとして、あんな作り話をした――」

「ど、どうして、あたしがそんなことを」

「これは私の推測にすぎませんが、あなたと新見さんは、ある理由から、実さんと遥さんを結び合わせようと計画していたからです」

「ちょ、ちょっと待ってください。あなたの言うことはめちゃめちゃです。あたしの方はともかく、新見さんは、実と遥さんの結婚には反対してるんですよ。その新見さんが、二人を結びつけようとしたって言うんですか。そんな、馬鹿馬鹿しい」

　茂子は一笑に付そうとした。

「ええ。確かに馬鹿馬鹿しい推理です。でも、そう考えざるを得ないんです。新見さんが二人の結婚に反対しているのはポーズにすぎないのだと」

「ポーズ？」

「そう、ポーズです。本気で反対しているわけではないと思いますね。それどころか、二人の結婚を一番望み、二人が互いに愛し合うようにしむけたのは、外ならぬ、新見さんだったんです」

「……」

茂子は観念したように黙ってしまった。もうどんなにシラを切っても無駄だと思ったのかもしれない。

「あなたと新見さんが偶然出会ったように見せ掛けたのも、若い二人を自然に結びつけようという、あなたがたの配慮の一つだったんじゃないでしょうか。恋愛をもっとも恋愛たらしめるのは、出会いのときの偶然性だと思うんです。その偶然性を、あなたがたは二人のために演出しようとしたんですね。二人がなるべく自然に、自分たちの意志で愛し合うようになったと錯覚させるために。

実さんと遥さんは、偶然の重なりの結果、縁の糸に導かれて出会ったのではなく、あなたがた二人の細心な配慮の結果、出会うはめになったのです。

でも、若い二人が出会ったからといって、すぐに恋愛感情が互いに芽生えるわけじゃありません。実さんの方は、一目でかわいらしい遥さんに恋愛感情を抱いてしまったようですが、遥さんの方はそうではなかった。最初は、実さんに対して好意どまりの感情しか抱いてはいなかったのでしょう。

新見さんとしては、さらに遥さんの感情を恋愛感情にまで高揚させる必要があったんです。だから、急に掌を返したように、実さんを悪く言うようになり、二人の仲を裂くようなことばかりするようになったのだと思います。恋愛を恋愛たらしめるための、偶然性以上の大きな要素といったら、障害ですから。

お父さんに反対されていると知った遥さんは、持前の反抗心のようなものも手伝って、それまでは好意どまりだった実さんに対して、それ以上の感情をもつようになったのだと思います。

そして、新見さんが計画したとおり、遥さんは憤然と家を出て、あなたがたと暮らしはじめたんです。すべては、新見さんの思惑どおりだったんですよ。そして、いずれ時がきたら、二人を許す気になった父親の役を演じるつもりでいるのではないでしょうか」

遥は、「父の敷いたレールの上を歩くような人生は送りたくない」と誇らしげに言っていたが、その実、そう思って選択した道こそが、父親が密かに敷いていたレールだったのではないだろうか。

おとなしそうな外見に似合わない、臍曲《へそまが》りなところのある娘の性格を新見忠雄は知り尽くしていたに違いない。右へ行かせるためには、左に行かせたがっているように見せ掛ければいいということを。

「で、でも、そんなことを、どうして新見先生がする必要があったんです？」

ようやく勝田茂子が反駁《はんばく》した。

「そうなんです。問題は動機なんです。なぜ、新見さんはこんな手の込んだことをしてまで、最愛の娘さんを実さんと結婚させたがったのか。私にしても、この動機が分からなかったんです。それで、どうしてもこの動機を知りたくて、新見さんの周辺を少し探ってみたんです。そうしたら、新見さんの近所の人から、ある情報を得ることができたんです」

「ある情報……?」

茂子はぼんやりとした口調で繰り返した。

「新見さんの亡くなった奥さんに関する情報です。新見さんの奥さんは三年前に腎臓を患って亡くなったそうですね。もともと身体の弱い人だったらしくて、遥さんを出産される前にも、何度か妊娠しながら、流産したり、死産したりしていたそうです。それを聞いて、私はある可能性を思い付きました。その可能性というのは――」

私はそう言って、勝田茂子の顔を見た。茂子の顔は青ざめていた。

「もしかしたら、二十二年前、生まれてすぐに亡くなったのは、勝田さん、あなたのお子さんじゃなくて、新見夫人のお子さんの方だったんじゃないかって」

「な、何を馬鹿げたことを」

勝田茂子は声を震わせた。

＊

「近所の人の話では、新見さんは大変な愛妻家だったそうです。今度こそと思っていたのに、奥さんの産んだ子供は未熟児で、生まれてまもなく死んでしまった。また駄目だったとは、とても奥さんに言えなかったんではないでしょうか。そのとき、ちょうど、あなたが元気な女の子を出産していた。新見さんの心に魔がさしたのかもしれません。もし、この子が自分の子だったらと――」

「先生があたしの子と奥様の子をすりかえたというんですか」

茂子はかみ付くように言った。

「そうです」

「そんな馬鹿な。医院には看護婦さんだっていたんですよ。赤ん坊をすりかえるなんてことをしたら、看護婦さんたちに気付かれてしまいますよ」

「聞くところによると、当時、新見医院には三人の看護婦さんがいたそうですが、古参の看護婦は新見先生の実の妹さんだったそうです」

「……」

「看護婦もグルだったんですよ。だから、赤ん坊のすりかえが誰にも気付かれなかったんです。それに、考えてみれば妙じゃありませんか。何度も流産や死産を繰り返した末にようやく待望の子供ができたというのに、いくら同情したからとはいえ、赤の他人であるあなたに子供の名前を付けさせるなんて。新見さんがあなたに赤ん坊の名前を付けさせたのは、赤ん坊の母親が本当はあなただったからじゃないでしょうか。あれは、新見さんの精一杯の償いだったのだと思います。

ところが、あなたは何も知らずに退院してしまい、しかも、その後、夫と死に別れたあなたは、再婚するために川崎を離れてしまった。新見さんとしては、ほっとすると同時に、遥さんを育てながら、ずっと心の奥で罪の意識をもち続けていたのだと思います。

そして、その罪の意識は、三年前に奥さんが病死した段階で頂点に達したのです。奥さんが生きている間は、まさか遥さんが自分たちの子供ではないなどと口が裂けても打ち明けられなかったのでしょう。でも、奥さんが亡くなって、新見さんはようやく重い足枷《あしかせ》から自由になったのです。あなたにすべてを打ち明けようと思い立ったのではないでしょうか。

だから、たまたま、新幹線に乗り合わせた私に、あなたの身辺を探らせたのです。あなたの今の生活状況を見て、新見さんとしては心を決めるつもりだったのかもしれません。あなたに二十二年前の真実を話すかどうか」

私はしゃべり続けた。勝田茂子は反駁もせず、青ざめた顔で黙って聞いていた。

「ただ、新見さんの心中は複雑に揺れ動いていたと思います。二十二年前の真実をあなたに打ち明けて心の重荷をおろしたいという気持ちと、二十二年前に自分が犯した嬰児《えいじ》誘拐――と言ってもいいと思います――の罪を遥さんには知られたくないという気持ちとの間で。それに、もし遥さんが自分の出生の秘密を知れば、相当のショックを受けるのは目に見えています。できれば、遥さんにそんなショックは与えたくない。しかし、あなたに真実を話せば、あなたは娘を返せと言ってくるに違いない。どう転んでも、遥さんは出生の秘密を知ってしまう羽目になる……。

ところが、そんな悩みを抱えていた新見さんは、私の調査報告を見て、あることに気が付いたのです。新見さんの頭に、ある突拍子もない考えがひらめいたんです。再婚したあなたは血のつながらない息子さんと暮らしていた。息子さんはまだ独身で、人柄も悪くないようだった。それを知った新見さんは、遥さんには真実を知らせずに、本当の母親であるあなたのもとに彼女を返す、もっとも良い方法を思い付いたのです。

それは、嫁に出すという形で、遥さんをあなたの娘にする方法でした。遥さんを実さんと結婚させるのです。そうすれば、あなたは残りの半生を、表向きは義理とはいえ、遥さんの母親として暮らすことができるのです。それに、この方法なら、新見さんの方も、今までどおり、遥さんの父親でいられるわけです。あなたはさっき、大事な娘さんを新見さんから奪ってしまったと言いましたが、大事な娘を奪われていたのは、あなたの方だったんです。あなたは、新見さんから遥さんを奪ったのではなくて、返して貰ったんですね……」

茂子がふっと大きな溜息をついた。私には、その溜息が彼女の答えのような気がした。

「おそらく、新見さんはあなたと会って、二十二年前の真実を打ち明け、この計画について協力を求めたのではありませんか。いろいろいきさつはあったとは思いますが、遥さんを傷付けたくないということで、あなたと新見さんの考えは一致したのではないでしょうか。

そして、あなたと新見さんは、様々な策略を巡らして、実さんと遥さんを自然に結び合わせようとしたのです……」

新見忠雄から遥のことを打ち明けられて、茂子はさぞ驚いただろう。赤ん坊を奪った新見を恨みもしただろう。しかし、それも、死んだとばかり思い込んでいた娘が返ってくるという喜びの中ですべて押し流されてしまったのかもしれない。

血を分けた娘と同じ家で暮らせるためなら、一生、姑と思われてもいいという決心が茂子の中でかたまったのではないだろうか。遥が、「お姑《かあ》さん」と呼ぶとき、茂子の耳には、それは、「お母さん」と聞こえているに違いない。

「まるで小説のようなお話ですけど」

茂子は青ざめた顔のまま、ようやく笑う余裕ができたというように、かすかに笑った。

血は争えないものだ。笑ったときの表情がドキリとするほど遥によく似ていた。茂子がどんなに私の話を荒唐無稽と笑いとばそうとも、その笑っている彼女の笑顔そのものが、どんな言葉よりも雄弁に、私の推理がけっして的外れでないことを物語っていた。

「現実は小説ほど面白くはないんですよ」

茂子は椅子をひいて立ち上がりながら諭すように言った。

「事実は小説より奇なりともいいます」

私は言った。

「とにかく、今の話は聞かなかったことにします。面白い話ですけど、間違っても、実や遥さんにはそんな話はなさらないでください。真に受けるといけませんから」

茂子はやんわりとした口調で、しかし、有無を言わせない強い意志を秘めた目で、私を見ながらそう言った。

私は黙って頷いた。茂子が私の推理を頭から否定するだろうとは最初から分かっていた。そして、もちろん、私はこの話を遥や実にするつもりは毛頭なかった。

二十二年前、一人の医師がやむにやまれぬ思いで密かに犯した（と思われる）犯罪は、こんな形で闇から闇に葬り去られようとしていた。被害者との合意の上に。それでもいいと思った。私のような第三者が横からくちばしを挟むことではないような気がした。

勝田茂子は結局何も認めないまま、喫茶店から出て行った。実たちには、いずれ近いうちに店の方に寄るからと言っておいたが、私はあの店には立ち寄らなかった。二度と行く気もなかった。勝田茂子の目が二度と来るなと言っていたからだ。

その後、高校時代の後輩である山内真奈美が仕事を持ち込んできたせいもあって、私は忙しさに取り紛れて、彼らのことは忘れかけていた。

そんな私のもとに一通の葉書が届いたのは、七月に入った頃だった。それは結婚式の招待状だった。新郎・新婦の名前は、勝田実、新見遥とあった。日取りは六月の第二日曜日となっている。

すでにその日は過ぎていた。でも、私には差出人の見当がついた。実にも遥にも私の住所は教えてなかった。名刺を渡すという形で住所を教えたのは彼女しかいなかった。

彼女がなぜ、とっくに済んでしまった結婚式の招待状を私あてに送ってきたのか、その理由もすぐにピンときた。むろん、郵便局の手違いなどではない。

彼女はわざと招待状を遅らせて出したのだ。私を結婚式に招待するためではなく、実と遥の結婚式が、両家出席のもとに、盛大に行われたという事実だけを知らせるために。

これが、私の荒唐無稽な推理に対する、勝田茂子の暗黙の答えだった。

吾子の肖像

武蔵小金井の駅を出たところで、私は背広の懐からその葉書を取り出して、もう一度眺めた。葉書に刷り込んである地図によれば、美術館までは歩いてもたいした距離ではないようだった。

ここはタクシーを使わずに歩くかと腹を決めると、小金井街道を府中方向に向かって歩き出した。にぎやかな商店街を通り抜けると、なだらかな下り坂になる。その坂道とクロスするように、「はけの道」と呼ばれる細い通りが東西に伸びていた。

「はけ」とは、古代多摩川が次第に南西に移っていった途中で造った崖下一帯を言うらしい。崖下の砂礫層《されき》からは豊かな地下水が溢れ出て、武蔵野の景観を際だたせている。

その「はけの道」をぶらぶら歩いて行くと、道沿いに、「児島守生《もりお》記念美術館」と書かれた看板が見えてきた。矢印がしてある。矢印通りに行くと、美術館というより、古い邸宅といった趣の建物が見えてきた。

それもそのはずで、なんでも、この私設美術館は、大正から昭和にかけて活躍した洋画家、児島守生の邸宅をそのまま美術館にしたということだった。

受付では、髪の長い女性が俯いて画集のようなものをめくっていた。窓口に貼られた紙を見ると、大人五百円、喫茶券付き千円とあった。

私は財布から千円札を抜き出して、「大人一枚。喫茶券もつけて」と何食わぬ顔で言った。さすがに声で分かったのか、受付の女性がはっとしたように目をあげた。私の顔を見て、「あら」と小さくつぶやいた。

「来てくれたの」

加山操《かやまみさお》はちょっと嬉しそうな顔をした。

「オープンのときには来られなくてごめん」

そう言うと、「あらいいのよ」と、操は笑った。笑うと、口の大きさが目立つ女だった。

「忙しいのは分かっていたし、いつでもどうぞというつもりであの招待状出したんだから」

操は入館券とパンフレットを差し出しながら言う。

「あまり期待してなかったのよ。あなた、昔から絵には興味持ってなかったから」

「こっちに用があったんでね」

私はついそう言ってしまった。言ってから後悔したが、操は明らかにがっかりしたような顔になると、「なんだ。ついでってこと」と呟いた。

嘘である。小金井に来る用などなかった。わざわざこの美術館を訪ねるために仕事の合間をぬって出てきたのだ。いや、美術館というより、開設されたばかりの美術館に、週一度だけボランティアで働いているという操の顔を見に来たと言った方が正確かもしれない。しかし、それを彼女に告げるのは少々照れ臭かった。

「景気はどう？」

そう尋ねると、操は苦笑した。

「いやあね、そんな言い方。先生は儲けるためにここを造ったんじゃないわ」

「人は入ってるのかって意味だよ」

「けっこう入ってるわ。今日はわりとすいてるけど」

「先生に挨拶した方がいいかな」

ふと気になって、尋ねると、

「先生は今ちょっと出てらっしゃるわ。午後には戻られると思うけど」

先生というのは、この美術館を造った児島珠子《たまこ》という女性のことである。児島珠子は、児島守生の娘で、父親の血をひいたのか、自身も画家だった。数年前まで都心の私立女子校の美術教師をしており、操は教え子だった。

珠子が美術教師をしていたのは五年足らずの短い間だったようだが、生徒の人気は高かったらしく、今でも操を含めた何人かの教え子たちが、国分寺にある珠子のアトリエに頻《ひん》繁《ぱん》に出入りしているという。

数年前、児島珠子が父親の記念美術館をプライベートな形で造ろうと思い立ったとき、それに最も積極的に協力したのは、彼女の教え子たちだった。

操もその素人スタッフ——といっても、操は銀座の画廊に勤めているから、こういうことにかけては、全くの素人というわけではなかったが——の一人で、画廊が休みの日などには、こうしてボランティアで、受付や、併設された喫茶室の係を受け持っているようだった。

「きみ、ずっとそこにいるの」

行きかけて、私は、ちょっと気になったので尋ねてみた。

「お昼になったら、ここは他の人に代わって貰って、喫茶室の方へ行くわ」

「そうか」

私はちらと腕時計を見た。午前十一時半になろうとしていた。それまで展示室でも見て暇を潰すか。そう思った。

「どうぞ、ごゆっくり」

操の取り澄ました声が聞こえた。

＊

展示室には、リュック型のバッグを背負った女子大生風の女の子が一人いるだけだった。

女の子は、展示室の中央あたりに飾ってある、大きな肖像画の前にじっと立ち尽くしていた。若い女性が赤ん坊を抱いている構図の油彩画である。

私は幾分足早に展示された絵を見て回った。正直なところ、絵画にさして興味のない私は、児島守生という画家のことは何も知らないに等しかった。だから、あまりじっくり見ようという気もなく、さっさと切り上げて、喫茶室の方で一服しながら、操が来るのを待っていようという気持ちの方が強かった。

子供の頃に描いたというスケッチ画から、美術学校時代の石膏デッサンや習作、洋行時代の風景画、帰国してからの静物画や人物画。そこまでざっと見てきて、私はなんとなく足をとめた。展示は年代順に並べられているようだったが、ある時期を境に、子供の絵が圧倒的に多くなっているのに気付いたのである。

寝ている赤ん坊のあどけない顔をさっと鉛筆で描きあげたようなクロッキー画もあれば、晴着を着た幼児の全身像が丹念な油彩で描きあげられたものもある。

子供の年齢は違っていたが、どれも同じモデルのようだった。タイトルを見て、ああそうかと納得した。「珠子一歳」とか、「珠子二歳」とか記されていた。それが「珠子九歳」まで続いている。

モデルは児島珠子だった。珠子の成長の記録が、普通の父親なら写真かビデオで残すところを、児島守生は絵筆を使って残していたのである。

泣いたり、笑ったり、すねたり、と様々な表情を見せる幼女の顔や仕草を、児島は画家であると同時に父親の目で生き生きと描ききっている。

絵に関しては素人の私でも、それら一連の子供の絵には何か心を打たれるものを感じた。これまでの絵は、確かに巧さは感じるものの、心に響くというほどではなかった。とりわけ洋行時代の絵は、良く言えば重厚だったが、私の好みからするとやや重苦しく、じっと見ていると、色彩の陰鬱さに気が滅入りそうだった。

ところが、この時期の子供の絵は、タッチも軽くなり、色彩もずいぶん明るくなっている。対象に対する愛情が溢れ出ているような、気持ちの良い絵になっていた。

この絵を見ているうちに、そうかと思い当たった。操の話では、児島珠子は、この私設美術館を造るにあたって、金銭面でかなりの無理をしたらしいのである。土地と建物は相続したものとはいえ、建物はだいぶ古くなっていて、美術館として使うには、修繕し直す必要があったようだし、これだけの設備を整えるにしても、相当の費用がかかったはずである。聞いた話では、銀行に借金までして、資金を捻出したそうである。

しかも、珠子がそんな無理をしてまで造らずとも、以前、小金井市の方から美術館設立の申し出があったらしい。ところが、市側の企画が珠子の趣味に合わなかったとかで、その申し出は断ってしまったということだった。

児島珠子は他人の手ではなく、自分の手で父の美術館を造りたかったらしいのだ。それほどまでに自分の手で父の美術館を造ることに執念を燃やした児島珠子の心情が、この一連の子供の絵に触れて、ようやく分かったような気がした。

彼女は父親に愛されていたのだ。それが一枚一枚の絵から赤の他人である私にさえ伝わってくるくらいだから、当の本人である珠子に伝わらなかったわけがない。彼女もまた父親を深く愛していたのだろう。

だから、どんな無理をしてまでも、自らの手で美術館を造ることにこだわったに違いない。

中央に展示してあった母子像の油彩画の前から女子大生風の女の子がようやく離れた。私はその絵の前に行った。さきほどはちらと見ただけで、通り過ぎてしまった絵だった。洋装の若い女性が背もたれの高い椅子に腰掛けて、膝に産着を着た赤ん坊を抱いている。丁寧に仕上げられた絵だった。

描かれた時代は、子供の寝顔のクロッキーなどとほぼ同じ頃のようだが、タッチは微妙に違っている。一連の子供の絵ほどの軽快さが見られない。といって、洋行時代の絵のように重厚というわけではなかったが、明るい色彩にもかかわらず、何か見る者の胸のうちをざわめかせるような、鬼気迫るものがあった。私はなぜか宗教画のようだと感じた。構図から聖母子像を連想したのかもしれない。

タイトルを見ると、「吾子《あこ》の肖像」とあった。

吾子の肖像?

私は、このタイトルに妙な違和感をおぼえた。吾子というのは我が子という意味だろう。言うまでもなく、若い女性が抱いている赤ん坊が珠子に違いない。

しかし――

とすると、珠子を抱いている若い女性は誰なのだろうと疑問に思った。ごく常識的に考えれば、珠子の母親、すなわち児島守生の妻ということになるはずだが。

だが、そう考えると、妙な気がした。どうもタイトルがしっくりこないのである。普通なら、「母子像」とか、「妻子像」とかいったニュアンスの題をつけるのではないだろうか。もし、珠子を抱いているのが児島守生の妻だとしたら、児島は妻の存在を無視してこんなタイトルをつけたことになる。まるで、児島の関心は女が抱いている赤ん坊にだけあって、女の存在など赤ん坊の背景にすぎないとでも思っているような……。

あるいは、この若い女性はお手伝いさんかベビーシッターのような立場の女性なのかもしれない。それならば、児島が「無視」したのも分からないではない。

とはいえ、そう考えるにしては、若い女性の服装は、レースの縁飾りのついた高価そうなものであり、どう見ても良家の令嬢か若奥様風で、手伝いの女性という感じではなかった。

この女性は誰だろう。児島の妻ではないのだろうか。もし、児島の妻だとしたら、なぜ、こんな妻の存在を無視したようなタイトルを絵につけたのだろうか。

私はそんな疑問を持った。疑問を持つと同時に、さきほどまではさして関心が持てなかった児島守生という画家に対する興味がわいてきた。

この画家については、以前、操からざっと聞いたことはあるが、適当に聞き流していたので、おおかた忘れてしまっていた。

絵の展示室の隣は、画家に関する資料室になっていた。生前の愛用品や写真や書簡の類いが並べられている。私は、まず、児島のことをおおまかに知るために、その資料室の壁に貼ってあった年譜の前に立った。洋画家の生涯が簡潔にまとめられている。

その年譜をざっと読んだところによると、児島守生は、一九〇二年、明治三十五年に金沢の旅館経営者の次男として生まれている。

十八歳で上京し、十九歳で、東京美術学校の西洋画科に入学。二十五歳のとき、卒業と同時に渡仏。洋画家をめざす当時の青年の歩んだコースを忠実にたどったようだ。

パリ在住のさなかに、モンパルナスのアパートに住んでいた岡田潤三という、児島より三歳年上の美術学校の先輩と知り合う。岡田の方は既に結婚していて、千鶴という新妻を伴っていた。

岡田夫妻とはうまがあったらしく、児島はそれまで住居にしていたホテルを引き払うと、このモンパルナスのアパートに引っ越してきた。岡田とは、「兄」「弟」と呼びあうほどの親しさだったらしい。

しかし、最初は順調だった児島のパリ生活も、次第に翳りを見せはじめる。金沢の生家の家業がうまくいかなくなり、心労で父が倒れ、仕送りが滞《とどこお》りはじめたのである。このままでは画家への道をあきらめざるをえないと悩んでいたとき、暖かい援助の手を差し延べてくれたのが岡田潤三だった。

岡田の生家は紀州の山持ちの旧家で、当時はかなり羽振りがよかったらしい。岡田は自分の仕送りの分を児島に回してくれたのである。

この岡田の篤い友情のおかげで、児島はなんとか糊口《ここう》をしのぎ、留学生活を続けることができたようだ。

だが、児島が二十七歳のとき、岡田夫妻が帰国。その年の暮れに、岡田の妻が子供を生んでいるところから考えて、岡田夫妻の帰国は、千鶴の妊娠がきっかけだったのかもしれない。

岡田は帰国したあとも、パリに残った「弟」のために金銭的援助を続けていた。が、まるで、岡田のあとを追うようにして、児島も翌年には帰国している。

児島は帰国後も精力的に絵を描き続け、次第に画壇での評価も高くなっていくが、岡田の方は才能に限界を感じたのか、絵筆は捨て、美術評論家に転向している。それでも、二人の友情はパリ時代と変わらぬままに続き、ついに、その友情がある形に昇華される。

一九四八年、児島が四十六歳のとき、当時十九歳になっていた岡田の一人娘、暁子《あきこ》と結婚するのである。

それまでは、精神的な意味での「兄」であった岡田潤三は、このときから、児島にとって、法律上の「義父」になるのである。

この展開には少し驚かされた。年譜から見た限りでは、児島は四十六歳になるまで独身でいたらしい。それが、誰の意志だったのか、親子ほど年の離れた友人の娘を妻に迎えたのだ。

やはりあの油絵の女は、この若妻、岡田暁子ではないかという思いが頭をよぎった。

やがて、児島は小金井の岡田の家に同居するようになる。どうやら、この美術館はもとは岡田潤三の住居だったらしい。婿養子に行ったわけではなかったが、暁子が一人娘だったことから、岡田夫妻の心中を察して、すすんでマスオさん状態に甘んじたのかもしれない。

三年後に珠子が生まれている。児島は四十九歳。この年に、あの「吾子の肖像」が描かれ、この後は、専ら珠子をモデルにした絵を描いている。五十の声を聞く一歩手前で、文字どおり、掌中の珠を得た思いがしたのかもしれない。その得難い珠を掌の中で慈しむようにして、児島は娘の絵を描き続けた。

しかし、一九六〇年、珠子が九歳の冬、児島は急性肝炎のために死去している。珠子の絵が九歳までしか描かれていないことの理由がここで分かった。

資料室には古い写真も飾ってあった。児島の写真は大きなパネルにして壁にかかっている。目鼻立ちの整った顔だちだった。写真で見る限り、児島は俳優になってもやっていけそうな容貌をしていた。

私は他の写真に目を移した。

児島の生涯の「兄」であり、晩年は「義父」でもあった岡田潤三の写真もあった。岡田は、痩せぎすの児島とは対照的に、やや肥満ぎみの男で、どの写真を見ても笑っていた。

そういえば、さきほど見た絵の中に、「パイプをもつ男」という油彩画があったのを思い出した。パリ時代の絵で、暗い色彩の絵の多いなかで、唯一、明るい印象のある絵だった。あの絵のモデルが岡田だったようだ。あの絵が明るい印象を与えるのは、色彩だけではなく、モデルそのものの性格の明るさが表れていたのだろう。

私は他の写真にも目を凝らした。とりわけ目を凝らしたのは、のちに児島の妻になった、岡田暁子の写真である。赤子を抱いた洋装の女の写真があった。小さくてしかとは分からないが、髪形といい、目の大きな顔立ちといい、「吾子の肖像」の女に似ている気がした。やはり、珠子を抱いているのは、児島の妻ではないだろうか。ということは――

＊

「ずいぶん熱心に見てるのね」

ガラスケースの上に身をかがめていた私の背後で、ふいに声がした。

振り向くと、操が笑いながら立っていた。

「あなたのことだから、どうせ展示室の方はさっさと切り上げて、こっちに来ているかと思ったわ」

加山操はそう言いながら、いれたてのコーヒーを差し出した。受け皿には自家製のクッキーが添えてある。

前は食堂だったという喫茶室には客は誰もいなかった。洒落た装いのガラス窓からは、よく手入れされた庭が見えた。「はけ」を利用したらしい池がある。

「そのつもりだったんだが――」

私はコーヒーに口をつけてから正直に言った。

「ちょっと気になることがあってね」

「気になることって？」

操は自分の分らしいコーヒーをいれながら聞いた。

「若い女性が赤ん坊を抱いている絵があるだろう？」

「ああ、『吾子の肖像』ね」

操はすぐに言った。

「あの絵がどうかしたの？」

「赤ん坊は珠子さんだよね」

「もちろんそうだわ」

「若い女性の方は珠子さんのお母さんだろうか」

「ええ、そうよ」

操はあっさり頷いた。

「児島守生はどうしてあんなタイトルをつけたんだろうか。変だと思わないか」

「『吾子の肖像』?」

「彼にとっては妻と子を描いたわけだろう? だったら、『妻子の像』とか、『母子像』とかつけるんじゃないのか、ふつうは。それなのに、まるで妻のことは無視したみたいに――」

「そう言われてみればそうねえ」

操は考えるような顔つきで言った。

「それに、珠子さんの絵は沢山あるが、暁子さんの絵は一枚もないね。彼は妻の絵は描かなかったんだろうか」

私はふと思いついて聞いてみた。展示室には、暁子だけが描かれた絵は一枚もなかった。

「展示されていないデッサン帳には、暁子さんらしい女性のデッサンが何枚もあるようだから、描かなかったわけではないと思うけど――先生の話だと、必ずしも円満な夫婦ではなかったようね」

操は声をひそめるようにして言った。

「やっぱり」

私は思わず呟いた。なんとなく、そんな感じがしていた。児島夫妻の夫婦仲はあまり良くなかったのではないか。だから、児島は妻を無視し、あんなにも子供の方に愛情を注いだのではないか。

「先生のお母さまには他に好きな人がいたらしいのよ……」

操はいよいよ声を低めた。

「はあ」

私はいささか間の抜けた相槌をうった。予想していたことではあった。児島と暁子の年齢差を考えると、ありそうな話だと思ったからだ。

「児島守生と暁子さんはずいぶん年が離れていたみたいだが、二人の結婚は一体誰が望んだことだったんだろう」

そう尋ねてみた。

「それが変なのよ。先生の話だと、お母さまの方ですって」

「え。お母さまって、暁子さんの方？」

私はちょっと驚いた。てっきり、児島の方が若い暁子に夢中になって、暁子との結婚を、友人である岡田に頼みこんだのではないかと踏んでいたからだ。

「児島守生の写真、見たでしょう？」

操がふいに言った。

「うん」

「ずいぶん美男子だったそうよ。年も実際よりは若く見えたらしいし。年頃になった暁子さんの方が夢中になってしまったらしいわ。児島守生の方は、暁子さんが若すぎることと、あまりにも身近にいすぎて年の離れた妹のような愛情しか持てないといって、最初は断ったそうよ」

「へえ」

どうも私が考えたのとは、事実は逆だったようだ。まあ、しかし、この方がありがちかなとも思い直した。

「でも、暁子さんは聞き入れなくて、しまいには、自殺未遂みたいな真似までしでかしたらしいわ。そうしたら、暁子さんの父親が慌てて、娘に死なれたら元も子もない。こうなったら、ぜひ娘を貰ってやってくれと頭をさげたんですって。無二の友人で恩人でもある岡田さんに頭をさげられたら、児島守生としても、それ以上否とは言えなかったみたいね」

「ふーん……」

私は岡田潤三の心中を想像してみた。いくら「弟」と呼んだ友人でも、自分とさして年の変わらない中年男のもとに、一人娘を嫁がせるのは、どんな気持ちだっただろうか。

「それにしても、暁子さんという人も身勝手な人だな。自殺未遂みたいなことまでしでかして一緒になったというのに、他に好きな男を作ってしまうなんて」

私は、岡田、いや児島暁子の身勝手さに幾分腹立ちのようなものをおぼえながら、独り言のように言った。

晩子のやや勝ち気そうな顔を思い出していた。あれは気の良い父親に甘やかされて育った、典型的なお嬢様の顔だという気がした。

児島も岡田も、この我がまま娘にいいように振り回されたのだろうか。

「いいえ、それがね。そんな単純なものではないらしいのよ……」

操は眉をひそめて言った。

「単純なものじゃないって?」

「晩子さんが他の男性に走ったのも仕方がない事情があったらしいわ。それに、彼女にそうしろとすすめたのは、児島さんだったというのよ」

「ええっ」

私は面食らって、操の顔を見た。

「どこの世界に、妻の浮気を奨励する亭主がいるんだ」

「それがいたのよ。もちろん喜んでそうしたわけではないでしょうけど」

「どういうことなんだ」

「つまりね、ちょっと言いにくいんだけど、児島さんは、その――」

操は口ごもった。

「夫としての役目が果せないというか……」

私は口を開けた。

「それで、四十六になるまで独身でいたのか」

「おそらくね。なんでも子供の頃にかかった病気がもとだとか。だから、結婚しても、暁子さんとの間では、ただの一度も夫婦生活がなかったんですって」

「そうだったのか」

と私は納得しかけ、あれと思った。

「おい、ちょっと待てよ。それじゃ」

慌てて言った。

「二人の間に一度も夫婦生活がなかったってことは、珠子さんは——」

誰の子供なんだと言う前に、操が涼しい声で言った。

「少なくとも、児島守生の子供ではなかったということになるわね」

＊

どうも妙な話になってきた。

「それを児島は——」

そう言いかけると、

「知っていたはずよ」

操は即座に答えた。

珠子が自分の子供でないことを知っていながら、あのような愛情溢れる絵を描き続けたというのだろうか。

「それにしても、きみ、今の話は一体誰から——」

「あら、もちろん、先生から聞いたのよ」

「それじゃ、珠子さんは自分が児島守生の子供でないのを知っていながら——」

「いいえ、先生はその話をお母さまから聞かされたそうなんだけれど、全く信じていないとおっしゃってたわ。お母さまがご自分のしたことを正当化するために作りあげた嘘だと思ってるみたい」

「ということは、今の話は、暁子さんが珠子さんにした話なのか」

「そうらしいわ……」

操の話によるとこうだった。児島守生が亡くなった翌年、暁子は再婚したいと言い出したのだと言う。相手は、下条という、銀行マンだった。むろん、娘の珠子も連れての再婚である。しかし、珠子は再婚には反対しなかったが、下条という男と暮らすことは拒否した。珠子にとっては、亡くなった児島だけが父親でありえたからだ。

ところが、そのとき、暁子は娘にある打ち明け話をしたのだという。それが、今、私が操から聞いた話だった。

それだけではなかった。実は、下条という男との付き合いは昨日今日にはじまったものではなく、珠子の実の父親はこの下条だというのである。

しかも、下条を暁子に紹介したのは、ほかならぬ児島本人で、下条の子供を身ごもったと告白したときも、児島は黙って父親の役を引き受けてくれたのだという。

暁子が言うには、児島が珠子をあれほどかわいがったのは、いわば、珠子が自分の子供ではないことを、岡田夫妻や世間に知られないためのカムフラージュだったというのである。

「先生はそんな話は全く信じなかったそうよ。それで、結局、暁子さんはその下条という男と再婚してこの家を出て行き、先生の方は祖父母にあたる岡田夫妻とこの家に残ったというわけ」

そして、やがて、祖父が亡くなり、珠子は二十四歳のとき、大学の同級生と結婚した。が、一年足らずで離婚して、また小金井の家に舞い戻り、祖母と二人きりで暮らしていたが、その祖母も三年前に病死した。

その頃から、この家を児島守生の記念美術館にという考えが珠子の頭を占めるようになったのだという。そして、自分はアトリエを兼ねて、国分寺にマンションを借り、着々と美術館創立の準備をはじめた……。

「ところで、暁子さんはまだ生きているの」

そう尋ねると、

「ええ。なんでも新潟の方で暮らしているとか」

「行き来はないのか」

「らしいわね。先生はいまだにお母様が許せないみたいね。大好きな父親を裏切っていただけじゃなくて、あんな嘘までついて、先生が心の中に大切に持ち続けていた父親との思い出を汚そうとしたことがね」

「しかし、嘘だったのかなあ」

そんなつぶやきが思わず私の口から漏れた。

「え?」という顔を操はした。

「いや、その、暁子さんがしたという話だよ。娘にする話にしては、ずいぶんあけすけというか、大胆な嘘というか。いくら下条という男を認めさせるためとはいえ、そんな話を娘にするものかなあ。事実ならともかく」

私の感覚からすると、そのへんがどうも釈然としなかった。

「でも、妻に浮気を斡旋する亭主なんて聞いたことないわ。子供ができないなら、養子でも貰えばいいじゃない。なにもそんなことしなくても」

操は言った。

「跡継ぎの問題だけだったら、それでもいいだろうけどね、問題はそれだけじゃないだろうし……」

私がついそう言うと、

「え、どういうこと」

操は問い返した。彼女は来月でたしか三十五歳になるはずで、カマトトぶる歳でもないはずだが、と思いながら、「だからさ、暁子さんはまだ若いわけだから」と言うと、ようやく意味が分かったらしく、操はかすかに眉をひそめて、「ああ、そういう意味」とそっけなく言った。

「ただ、どちらにせよ、先生が児島守生の娘であることは間違いないと思うわ」

操は長い髪をさっと後ろに払いながら、さばさばした声で言った。今までの話にいきなり決着を付けるような、そんな声だった。

「どうしてそう言えるのさ?」

私は上目遣いに操を見た。彼女の声は、二年前、私と別れると決めたとき、「とにかく、私たち、別れた方がよさそうだわ」と言ったときの、あの妙に無機的な声に似ていた。あの声は今でも耳の底に残っている。

「だって、似ているんだもの」

「似てる?」

「ええ。珠子先生、児島守生にどことなく似ているのよ。耳の形なんかそっくり。親子でなければあんなに似るものじゃないわ」

「そうなのか」

私は児島珠子にまだ会ったことがなかった。

「そうよ」

二年前まで私の妻だった女は、きっぱりとそう言い切った。

＊

その夜、帰宅すると、リビングの電話で母が誰かとしゃべっていた。声がいつになく華やいでいるところを見ると、電話の相手は、女学校時代の友人かなにかのようだった。

ソファに腰をおろして、ネクタイを緩めていると、母はようやく電話を切り、妙に浮き浮きした声で尋ねた。

「ごはんは？」

ちらと見ると、いつものように、リビングと一続きになったダイニングルームのテーブルの上には夕食の支度がしてあった。帰宅はいつになるか分からないから、夕食は先に食べてくれと何度言っても、口では「はいはい」と言いながら、その通りにしたことはなかった。

私が別れた妻と夕食をともにしていた頃、母は冷えきったおかずを前にじっと私の帰りを待っていたのかと思うと、気が滅入った。

「済ませてきた。いつも言ってるじゃないか——」

尖った声で言いかけると、母は先回りして、

「待ってたわけじゃないよ。お昼が遅かったんで、あまり食欲がなかったんだよ」

と弁解した。

私は漏れそうになった溜息をかみ殺して、リモコンでテレビのスイッチをつけた。ことさらに音量をあげる。これで母との会話は打ち切りだという意思表示でもあった。

テレビにあまり若くない女性キャスターの顔が大写しで映った。目に突き刺さるようなレモン色のスーツを着ている。こんな色のスーツはこの人には似合わないなとボンヤリ思っていると、私が脱ぎ捨てた背広をハンガーにかけながら、「ねえ、信一」と母が声をかけてきた。

聞こえなかった振りをしていると、母は、「おまえ、そろそろ再婚する気はないかい」

と言い出した。

「さっきの電話、和田さんからだったんだよ。ほら、お母さんの女学校時代の友達で、おまえと同い年の息子がいるって前に――」

「ああ、東大出て、政治家の秘書をしている、ご立派な息子がいる和田さんだろ」

私は苦々しい気持ちで言い返した。私がある私大の法科にみごと落ちた年、息子が東大に現役パスしたとわざわざ電話してきて、母に悔し涙を流させた婦人だった。

「二人めの孫が生まれたんだってさ」

「ふーん」

私は女性キャスターのスーツの色に我慢ができなくなって、チャンネルを替えた。

「あたしも早く孫の顔が見たいねえ」

母は溜息のような声で言った。

しばらく二人の間で沈黙が続いた。

「そういえば」

気まずい沈黙を破ったのは母の方だった。

「操さんもそろそろ再婚するみたいだね」

さりげない声だった。それでも、私は頭から水をぶっかけられたような思いで、母の方を見た。

「この前、銀座で見掛けたんだよ。向こうは気付かなかったみたいだけど。四十歳くらいのこうパリッとした身なりの男と腕組んで歩いてたよ。あれはどう見たって、ただの間柄じゃないね」

そんなはずはない。操は私と別れたあと、誰とも親密な付き合いはしていないと言っていた。

「人違いじゃないのか」

「操さんだよ。三年も同じ屋根の下で暮らした人の顔を見間違えるほど、あたしはもうろくしてないよ」

「操は人前で男と腕組んで歩くようなことはしないよ」

「おまえとはしなかっただろうけど、その人とはしてたんだよ」

母は意地の悪い声で言った。

私はふと母がかまをかけているのではないかと思った。母はやはり、私が別れた女房とこっそり会っていることに気付いているのではないか。だから、こんな陰険な嘘を言って、私の反応を見ようとしているのではないか。そう邪推してみた。

それとも、嘘を言ったのは操の方だろうか。だが、彼女には私に嘘をつく理由はない。もう夫婦ではないのだから、彼女が誰と付き合おうと、私に隠す必要はないではないか。

やはり嘘を言っているのは母の方ではないか……。

「ところでね、良い話があるんだよ」

母が突然話題を変えるように言った。

「和田さんがね、良いお嬢さんを紹介してくれるって言うんだよ。まあ、お嬢さんって言ったって、もう三十六だけど」

母が電話の前で華やいだ声を出していた理由が分かった。女学校の同級生に二人めの孫ができたと聞いたくらいでは、あんなに華やいだ声は出さないだろう。

見合いか。

「美人らしいよ。今度写真を送ってくれるって」

「美人が三十六歳まで独身でいたわけ？」

「それは、おまえ、いろいろ事情があるのさ。理想が高かったんだろう。それで、えり好みしているうちについ」

「理想が高いなら、おれなんか駄目だな。一発で振られる」

「そんなことないよ。実を言うとね、おまえのことはもう先方に通してあるんだよ。弁護士だって言ったら、かなり乗り気になってるようだって」

母は浮き浮きして言った。こちらは呆れてものが言えなかった。そこまで勝手に話を進めていたとは知らなかった。

「たとえ、うまくいったとしても、また母さんと衝突して、操の二の舞になるのが落ちだろう」

勝手に事を決められた腹いせにそう言うと、母は傷ついたような顔になった。

「あたしが同居しているのが悪いなら、あたしは熱海のシルバーマンションにでも行くよ。マンション買うくらいのお金はお父さんが遺してくれたからね。それで信一が幸せになってくれるなら、あたしは熱海だろうがあの世だろうが喜んで行きますよ」

母は自分で自分の言葉に感激したのか、最後は涙声になった。

シャワーを浴びている最中も、さきほど母が言ったことが抜けない刺《とげ》のように気にかかっていた。

操が身なりの良い男と腕を組んで歩いていたというのは事実だろうか。本当に母は操のそんな姿を見たのだろうか。それとも、母は、私が別れた妻にまだ未練を持っているのを察して、あきらめさせるためにあんな嘘を言ったのだろうか。

コックをひねってシャワーを止めた。風呂場のドアを少し開けて、耳を澄ます。テレビの音が聞こえない。どうやら母はもう寝たようだ。

操に電話をかけてみようかと、思い付いた。だが、思い付いた素早さで思いとどまった。こんな時間に電話をかけて何を聞こうというのか。

タオルで濡れた髪を拭きながらリビングに戻ってくると、案の定、リビングには明かりはついていたが、母の姿はなかった。

なんとなくほっとした気分で、薄い水割りを作ってソファに腰をおろした。

ボンヤリと考え事をしながら、水割りを口に運んでいると、「母の嘘」からの連想で、昼間、児島守生記念美術館で操から聞いた話を思い出した。

どうも釈然としない話だった。児島暁子はなぜあんな嘘を娘の珠子にしたのだろうか。妻の浮気を奨励する男の話など聞いたことがない。ただ、あまりにも非現実的な話であることが、かえって、あれは嘘ではないのではないかとも思えた。

人が、というか、女性がつく嘘というのは、もう少し現実に沿ったものではないかという気がする。さっきの母の嘘のように、現実の域を出ない、いかにもありそうなことが多いのではないか。

しかし、操の言った通り、児島珠子は児島守生に似ていた。あのあと、外出先から戻ってきた児島珠子に私は会った。珠子の顔は、たしかにパネルの中の児島守生にどことなく似ていた。

やはり、児島珠子は児島守生の血を分けた娘であることは間違いなく、児島が不能だったとか、下条という男を児島から紹介されたとかいう話は、児島暁子の嘘八百以外の何物でもないはずなのだが……。

それに、「吾子の肖像」というタイトルのこともまだ気になっていた。芸術家の考えることなど、私のような俗物の法律屋には想像もつかないが、なぜ、児島はあえて妻の存在を無視したようなタイトルをあの絵に付けたのだろうか。それがどうしても分からない。夫婦仲が良くなかったので、妻の存在を無視したのだと言われれば、なるほどと思わないわけでもないが、たとえそうだとしても、なにも、あんな形で「公表」する必要はないだろう。

それに、私の見た限りでは、赤ん坊の珠子に劣らず、暁子の姿は生き生きと丹念に描きこまれていた。もし、妻の存在を、赤ん坊の背景くらいにしか思っていなかったら、あんなに丹念に描きこまないのではないだろうか。背景の窓や椅子やカーテンはそれほど描きこまれていないのだから、児島のタッチが何でもかんでも丹念に描くというものではなかったことは確かだ。

写真でいうなら、児島の目のピントは明らかに、妻と子供の二人に合わせてある。子供だけに合わせていたのではない。それなのに、絵のタイトルは「吾子の肖像」……。

そのとき、私の歯が水割りのグラスの縁にあたってカチンと鳴った。その音は、私の頭の中である思い付きがスパークした音でもあった。

あっと思った。と同時に、さむけが背筋を駆け抜けた。

もしかしたら――

私はとんでもないことを思い付いていた。

だが、こう考えると、釈然としなかった謎がすべて解明するではないか。

私は立ち上がった。操に電話をしたいと思った。今、私の頭にひらめいた推理というか想像を吐き出せる相手は彼女しかいない。そんな思いで、泳ぐようにして、電話機の前まで行くと、震えそうになる手で受話器を取った。既に暗記していた番号を押す。途中で二度も番号を押し間違えた。

ようやく電話はつながり、呼び出し音が三回鳴ったところで、「はい」という女の幾分しわがれた声が出た。操はもう寝ていたのだろうか。

「あ、おれだけど。ごめん、寝てた?」

声を潜めて言うと、操は、「ううん」と答えた。

「どうしたの、こんな時間に」

不審そうな声を出す。ベッドの軋《きし》むような音がした。わけもなくドキリとした。たぶん、操はベッドに入っていたのだろう。ベッドに入って本か雑誌でも読んでいたのだろう。寝付きは良い方ではなかった。だから、今の軋みは、操が寝返りか何かうった音に違いない……。

「児島暁子は嘘を言ったわけじゃなかったんだ」

いきなりそう言うと、操は、「ええっ」と面食らったような声をあげた。

「彼女が言ったことはたぶん全部本当だったたんだ。珠子さんに嘘をついたわけじゃなかったんだよ」

「ちょ、ちょっと、あなた。何を言ってるの。それじゃ、先生が児島守生の娘じゃないって言うの」

「そうだ。たぶん、珠子さんの父親は下条という男に間違いない——」

「なに言ってるのよ」

操は低く笑った。

「あなただって先生に会って分かったでしょ。児島守生に似ているって言ってたじゃない」

「でも、彼女は児島の娘じゃないんだ」

「娘じゃないのに、どうして似てるのよ。まさか他人の空似だなんて言うんじゃないでしょうね」

「他人の空似じゃない。彼女が児島に似ているのは、児島の血を引いているからだ」

「酔っ払ってるの」

操の声が冷やかになった。

「酔っ払いの相手なんかする気はないわ。切るわよ」

「酔ってなんかいないよ。自分でもこわくなるほど正気だ」

「それじゃ――」

「珠子さんが児島守生に似ているのはね」

私は思い切って言った。これ以上もったいぶると、本当に電話を切られかねないと思った。

「珠子さんが児島の孫だからだ」

＊

電話の向こうで操は黙っていた。私の声が聞こえなかったはずがない。おそらく、私の言ったことを理解しようと頭を働かせているのだろう。

「まごって――」

操の声がようやくした。なんだかひどく頼りない声だった。まだ私の言ったことを充分理解していないような。

「児島守生の年譜によれば、暁子さんは岡田夫妻が帰国してから生まれたんだったね」

私は順に説明するためにそう言った。

「ええそうよ……」

頼りない声のまま、操は答えた。

「岡田夫妻が帰国したのは、岡田夫人の妊娠がきっかけだったんじゃないのか」

「だと思うわ。たしか、子供は日本で育てたいといって」

「つまり、二人が帰国したとき、既に暁子さんは岡田夫人のおなかの中にいたんだよね」

「あなた、まさか？」

操の声が鋭くなった。ようやく、私の言わんとすることを理解したようだった。けっして鈍い女ではなかったが、こちらの話がそれだけ彼女の想像を超えていたのだろう。

「児島守生はモンパルナスのアパートで岡田夫妻とかなり親しくしていたんだろう？　だったら、その可能性はないとは言えないいんじゃないか」

操は沈黙で答えた。

「児島が四十六歳まで独身でいたのは、もしかしたら、千鶴さんへの想いが断ち切れなかったからかもしれない」

「あなた」

操が突然言った。

「本当に酔ってない？」

「酔ってない。今日、口にしたのは、きみと飲んだワインと薄い水割り一杯だけだ」

「あなた、とんでもないこと言ってるのよ？」

「わかってる。でも、考えられない話じゃないだろう。児島は俳優にしてもいいような美男子だった。友人の妻と一度くらい過ちがあったとしても不思議じゃない。しかも、不運にも、その一度の過ちで友人の妻は妊娠した。まあ、一度かどうかは知らないが。むろん、それは二人だけの秘密だった。やがて、その娘は成長して年頃になった。そして、母親が抱いたような想いを父の友人だった画家に抱くようになった」

「そ、それじゃ、あの肖像画の『吾子』というのは――」

操が喘ぐような声で言った。

「珠子さんじゃない。暁子さんだったんだ。児島は母親に抱かれた娘の絵を描いたんじゃない。子供を抱いた娘の肖像を描いたんだよ」

「だから、あの絵のタイトルは『吾子の肖像』でなければならなかったんだ。子供を抱いた女の姿そのものが、『吾子』だったのだから」

*

あれは児島守生という画家の罪の告白だったのかもしれない。若い頃、兄とも慕った無二の親友の妻と過ちを犯し、しかも逃れられない運命の悪戯から、自分の娘を妻にしなければならなかった男の「懺悔の絵」ではなかったのか。

私はあの絵を一目みたとき、なぜか、宗教画のようだと感じた。絵の構図が聖母子像を連想させたせいだとあのときは思ったが、それだけではなかったとしたら……。

「だから、児島は暁子さんと夫婦になっても、いわゆる夫婦生活はできなかった。そこで、不能だと偽って、暁子さんには別の男をあてがった。妻に他の男をあてがうというのは、夫の行為と考えるとどうも釈然としないが、父親の行為と考えると納得が行くじゃないか。暁子さんの身ごもった子供を黙って受け入れたのも、その子供が自分の血を引く孫だと知っていたからだ。

児島が珠子さんによせた愛情は、父親のそれではなくて、祖父としてのそれだったんだ。珠子さんの成長を描く目には明らかに肉親の情が宿っていた。父親としてではなく、祖父としての――」

操に言う気はなかったが、児島が珠子の絵をあれほど大量に描いたのは、むろん、今言ったような肉親としての愛情もあっただろうが、一種のカムフラージュの目的もあったのではないかと、私は疑っていた。

晩子は、児島が珠子の絵ばかり描き続けたことを、珠子が自分の子供でない事実を隠すためのカムフラージュと思っていたようだが、事実はそうではない。

児島は珠子の絵を描き続けることで、「吾子の肖像」という絵の、「吾子」の意味を見る者に錯覚させようとしたのではないだろうか。

珠子の絵ばかりある中で、あの肖像を見れば、誰だって、「吾子」というのは珠子、すなわち赤ん坊のことだと思ってしまう。まさか、その赤ん坊を抱いている女の方だとは夢にも思うまい。そういう錯覚を起こさせるために、児島は珠子の絵をあれほど沢山残したのではないか。

児島は罪の告白を絵筆を使ってこっそり行いながら、それを誰にも、とりわけ岡田潤三には決して悟らせてはならないと思ったのだ。

「あたしには信じられない」

操の声に我にかえった。

「信じられないって？」

「自分の娘と知っていて妻にするなんて。そんなことできると思う？」

「もちろん、児島だって喜んでしたわけじゃない。何も知らない暁子さんが自殺未遂まで起こしたりするものだから、しかたなく、形だけでもというつもりで——」

「あたしはやっぱり暁子さんが嘘を言ったのだと思うわ。そう考える方が自然よ。それに、もし、あなたの言うことが本当だとしたら、岡田潤三が全く気付かないでいられたと思う？」

すぐに返事ができなかった。たしかに、岡田が妻と友人の関係に全く気付かなかったというのは少しひっかかった。岡田はそれほどおめでたい男だったのだろうか。妻も友人も信用しきっていたのかもしれない。私は展示室で見た岡田の肖像の明るい目を思い出した。あの男なら、あんな目をした男なら、人をたやすく信用するのではないか——。

そう思いかけ、はっとした。いや、もし、岡田が気付いていたとしたら。妻と友人の仲を疑ったことが一度ならずともあったとしたら？

私の胸にひやりとする冷たいものが触れた。

千鶴が妊娠したと分かったとき、日本に帰ろうと先に言い出したのはどちらだったんだろう。岡田だったのだろうか。それとも千鶴の方だったのか。

そのことを操に聞いてみた。

「岡田さんの方だったみたいよ。彼が帰国したのは、千鶴さんの妊娠もあったけれど、そのときには、もう自分の才能に限界を感じていたらしくて、これ以上パリ生活をしていても仕方がないと思ったらしいから」

操はそう言った。

岡田潤三は、児島と知り合い、後輩の才能を目の当りにして、自分の能力に自信を失っていったのではないだろうか。

しかも、その後輩に、妻が想いをよせはじめていることも薄々気がついていた……。岡田は暁子が自分の娘ではないと知っていたのではないだろうか。ひょっとすると児島の子供ではないかと疑っていたのではないだろうか。だから、暁子が児島を慕って自殺未遂をおこしたとき、それを利用して、長年の疑惑を晴らそうとしたのではないか。

もし、児島が暁子の実の父親だとしたら、何があっても、暁子とは結婚しないはずだ。できないはずである。岡田はそう考えて、いわば踏絵のつもりで、暁子との縁談を友に持ち掛けた。

児島は友人のそんな疑惑を感じ取り、友の差し出した踏絵をあえて踏んだのだ。暁子と結婚することで、自分が潔白であると示そうとした。暁子に別の男をあてがって、子供まで作らせたのもそのためだったのではないか。

ひとえに友の疑念を晴らすため……。

生涯篤い友情で結ばれていたように年譜には書かれていたが、彼らには、彼らにしか分からない修羅の世界があったのかもしれない。そして、岡田の妻、千鶴にも。最後まで生き残ったこの女性にも……。

操は最後まで私の話を信じられないと言って電話を切った。私も電話を切る頃には、もしかしたら、全部私の妄想かもしれないと思いはじめていた。私は操に電話をする口実を無意識のうちに探していた。だから、ふと頭にひらめいたこんな妄想に飛び付いてしまったのではないか。なんだか、そんな風にも思えてきた。

電話を切ったあと、ぐったりと疲れてソファに座りこんでいると、廊下に通じるドアが開く気配がした。振り向くと母が立っていた。

「電話、してたの」

母は妙に白い顔でそうたずねた。

「いや、してないよ」と言うと、

「話し声が聞こえたような気がしたから、それで目がさめちゃったんだよ」

と言った。

「テレビだよ」

私はそう言ってから慌てて付け加えた。母の目が何も映っていないテレビをじっと見つめていたからだ。

「今、消したけど」

「そう。テレビだったの」

母はつぶやいた。私は身震いしそうになった。母に今までの話を全部聞かれていたのではないかと思ったからだ。私が操と話している間中、母はドアの向こうの暗闇に、じっと息を殺して佇んでいたのではないか。

「誰かと電話で話してるのかと思ったよ」

母はそう繰り返して、微かに笑った。

お告げ
RED

＊

チャイムの音で目が覚めた。

誰かが玄関チャイムをたて続けに鳴らしている。私は手探りで枕元のスタンドをつけると、眠い目をこすりながら、はずしておいた腕時計を見た。

時刻は午前三時を少し回ったところである。こんな時間に訪ねてくる人間に心あたりがなかった。

なんとなく厭な胸騒ぎをおぼえながら、ベッドから起き上がると、インターホンの受話器を取った。

「どなた――」

言い終わらないうちに、噛みつくような声が耳に飛び込んできた。

「一〇三号の橋本です。大事な話があるんです。開けてください」

中年と思われる女性の声だった。

一〇三号室と言うところを見ると、このマンションの住人のようだった。

マンションの住人と分かって、ややほっとしたが、橋本という女性とは全く面識がない。このマンションに住んで二年ほどになるが、他の住人とは会えば挨拶する程度の交流しかなかった。

「どういうご用件か知りませんが、明日にして貰えませんか」

私はそう言った。訪問者の声のエキセントリックな感じから、ドアを開けるのがためらわれたのである。

「一刻を争うんです。あなたのお身内にかかわることなんですよ」

訪問者はインターホン越しにそんなことを言った。

身内と聞いて、ドキリとした。私の身内と言えば、遠く離れて暮らしている母しかいない。その母にかかわることなのだろうか。

つい最近、母から久し振りに手紙を貰い、その手紙の中で、この頃体調があまりよくないと書かれていたのが、私の脳裏を走った。

私はインターホンの受話器を置くと、玄関に急いで行って、チェーン錠はつけたまま、そっとドアを開けた。

ドアの向こうに、小柄で痩せぎすの、突き刺すような目をした中年女性が立っていた。

「赤い絵を描くのはやめなさい」

橋本と名乗る女性は、私の顔を見るなり、高飛車な口調で言った。

「は？」

私は一瞬ポカンとしてしまった。

「赤い絵です。あなた、赤い絵を描いているでしょう？」

赤い絵って、今、描きかけのあの油絵のことだろうか。

「赤は不吉です。今、赤を使ってはいけません。あなたの肉親に不幸が襲いかかります」

「あの――」

「いいですね。絵は焼き払いなさい。そうしないと、お身内が不幸になりますよ」

一〇三号室の住人は念を押すようにそれだけ繰り返すと、ドアから離れた。

「あ、ちょっと待って」

私は慌ててチェーン錠をはずし、外に出てみたが、近くの階段をかけ降りて行ってしまったらしく、一〇三号室の住人の姿はどこにもなかった。

私は狐につままれたような心持ちで、蛍光灯のまたたく廊下にしばらく立ち尽くしていたが、部屋に戻ってくると、アトリエに使っている洋室に入り、キャンバスの上にかけておいた布を取り払った。

赤い絵とはこれのことだろうか。来月に予定している個展に出品するために描いている絵だが、赤のグラデーションをふんだんに使った抽象画である……。

それにしても、合点がいかないのは、一〇三号室の住人に、どうして私がこの絵を描いているのが分かったのかということだった。

私はこの絵のことを誰にも話してはいなかった。描きかけの絵を人に見せるのは好まないので、うちに出入りする親しい人たちにも見せてはいない。

それなのに――

またチャイムが鳴った。一〇三号室の住人が戻ってきたのかと思った私は、すぐに玄関に出てみた。

しかし、ドアの外に立っていたのは、橋本という人ではなかった。同じ階の宮口という住人である。

親しくしているわけではなかったが、確か、夫婦で小さな居酒屋を経営しており、中学生になる娘が一人いると聞いたおぼえがある。

その宮口夫妻が、二人揃って、ドアの外に立っていたのである。

「夜分申し訳ありません」

夫の方が恐縮したような様子で言った。

「今、店から帰ってきたところなんですが、橋本さんのお声が聞こえたものですから」

橋本のやや甲高い声は、廊下をはさんで斜め向かいの五〇四号室まで筒抜けだったようだ。

「あのう、さしでがましい口をきくようですが、あの人のお告げには従った方がよろしいですよ」

ささやくような声で、宮口は言った。

「お告げ?」

私はびっくりして聞き返した。

「さきほど橋本さんが口にされたのは、お告げなんです。あの人は並々ならぬ能力の持主なんですよ」

「能力ってまさか」

「透視能力です。橋本さんは超能力者なんです」

宮口は低いが確信を持った力強い口調でそう言った。

＊

「ちょうのうりょくしゃ……」

私は啞然としてしまった。あの見るからに平凡そうな中年女性が超能力者だというのか。にわかには信じがたい話だった。

「こんな所で立ち話もなんですから、ちょっと中にお入りになりませんか」

私はそう言って、宮口夫妻を中に入れた。橋本という住人について、夫妻からもっと聞き出したいと思ったからだ。眠気はすっかり覚めていた。

パジャマの上にカーディガンを羽織ると、宮口夫妻をリビングに通した。

「橋本さんが超能力者だというのは本当なんですか」

半信半疑で尋ねると、宮口は深く頷いた。

「本当です。しかし、こんな話を信じろといっても無理かもしれませんね。私たちだって、はじめは信じられなくて、橋本さんを少し頭のおかしな人ではないかなんて思ってたくらいですから。でも、あれがあってから――」

　夫妻は意味ありげに顔を見合わせた。

「あれって？」

「私たちにもお告げがあったんです。白い花をベランダに植えてはならないって、あの人に言われたんですよ。白い花を植えると、そのうち子供の身の上に不幸が襲いかかると――」

　聞いているうちに私はあっと思った。そういえば、一月ほど前、宮口夫妻の娘が風呂場で転倒して怪我をしたとかで、夜中に救急車が来たことを思い出したからだった。

「不幸って、もしかしたら、娘さんの怪我」

　そう言いかけると、宮口は妻の顔をちらりと見てから、かすかに首を振った。

「いや、実をいうと、あれは怪我じゃないんです」

「え？」

「近所の手前、風呂場で転倒して怪我をしたと言いましたが、本当は、娘は自分で自分の手首を切ったんです。剃刀《かみそり》で」

　そのときのことを思い出したように、宮口の顔が曇った。

「それじゃ、あれは、自殺――」

「そうです。さいわい、発見が早かったので大事に至らず、数針縫っただけで済みましたが、もし発見が遅れていたらと思うと、今でもぞっとします」

「娘さんはどうして自殺なんか」

「今流行《はや》りのと言っては何ですが、いじめ、ですよ」

「ああ」

「娘はクラスメートからいじめを受けていたんです。私も妻も全く気が付きませんでした。しかも、娘から詳しく話を聞いてみると、娘がささいなことが原因でいじめを受けるようになったのが、妻がベランダにフリージアの球根を植えた頃と一致するんです」

「それじゃ、橋本さんが言った白い花というのは」

「そのフリージアのことだったんです。橋本さんから、白い花を植えるなとお告げを受けたのに、私たちはこれを無視しました。そのときは、あの人の能力のことを知らなかったので、おかしなことを言う人だくらいにしか思っていなかったのです。不幸中の幸いで、娘は軽い怪我程度で済みましたが、心に受けた傷はまだ癒《い》えてはいないようです。あのとき、あの人のお告げを信じて、フリージアの球根をもっと早く始末していたら、娘が学校でいじめられることもなかったでしょう。それが今だに悔やまれてなりません。だから、あなたもあの人のお告げを無視なさらない方がいい。そうしないと、あとで後悔する羽目になりますよ……」

＊

「それで先生、そんな話を信じたんですか」

私の話を聞き終わると、加山操《かやまみさお》は呆れたような顔をした。

翌日の午後だった。個展の件で訪ねてきた加山操に昨夜というか早朝に起こったことを話してみた。操は、私が女子校の美術教師をしていた頃の教え子で、今は、銀座の画廊に勤めている。

「信じたというわけではないんだけれど……」

私はコーヒーを啜りながら言った。半信半疑というのが、いわゆる超能力というものに対して、私が抱いている思いである。

頭から否定もしないかわりに、頭から信じこむということもない。

正直なところ、空を飛ぶだとか、水中に何時間でも潜っていられるとかいう類いの超能力に関しては、かなりうさんくさいと思っている。

ただ、いわゆる透視という能力については、もし、この能力に人間の右脳が何らかの形でかかわっているのだとしたら、全くありえない話ではないのではないかという気もしているのだ。

「私にはそんな話、まやかしとしか思えないわ」

操はきっぱりと言った。彼女は、どちらかといえば、合理主義者に属する方だろう。

「何かトリックがあるんですよ、きっと。透視能力なんていっても、たいていの場合、前以て相手の情報を得ておくケースが多いって聞いたことがあります。それをさも超能力で分かったように演技しているに過ぎないんですって。その橋本って人も同じじゃないかしら」

「橋本さんが前以て情報を得ていたってこと?」

「そうとしか考えられません。橋本さんは働いているんですか」

「働いてはいないらしい。何でも、五年前にご主人をなくしてから、保険金やら遺産やらで食べているらしいのよ」

「だったら、マンションの奥さん連中の井戸ばた会議か何かで宮口家の情報を得たんじゃないかしら」

「それはないみたい」

　私はすぐに言った。

「どうしてですか」

「宮口さんの話だと、橋本という人、マンションの住人から敬遠されているみたいなのよ。だから、橋本さんが奥さん連中の井戸ばた会議に参加することはなかったようだし」

「参加しなくても、それとなく立ち聞きするくらいはできるじゃありませんか」

「だけど、宮口さんの娘の件は誰も知らなかったはずなのよ。娘さん、学校でいじめられていたことを、親にも担任にもひた隠しにしていたというし、ここには、宮口さんの娘と同じ中学に通っている子供はいないそうだから」

「たとえば、橋本さんの知り合いの子供がたまたま同じ中学に通っていたとしたら？　情報はそこから得たのかもしれませんよ」

「たとえ、娘さんのいじめの件を何らかの方法で橋本さんが知っていたとしても、白い花のことはどうかしら。宮口さんがベランダにフリージアを植えていたのをどうやって知ったと思う？」

「……」

「宮口さんは花を植えたことは誰にも話さなかったといっているし、白い花を植えてはいけないと橋本さんから言われたとき、まだフリージアは咲いていなくて、球根の状態で鉢植に植わっていたというのだから、外から見て分かるはずがない。どう考えても、橋本さんが花のことを知るのは不可能だというのよ。それは、わたしの絵についても同じだわ。あなたも知っての通り、わたしはあの絵を誰にも見せていないし、話したこともないのよ。もちろん、橋本さんをこの部屋に入れたこともない。それなのに、橋本さんはわたしの絵のことを知っていた。これはどう考えても、彼女の言うとおり、透視したとしか思えないじゃない」

操は黙ってしまった。

「それに、彼女からお告げを受けたのは、わたしや宮口さんだけじゃないのよ」

「他にもいるんですか」

操は驚いたように眉をつりあげた。

六階に、横川という大学の先生が住んでいるんだけれど、この人の奥さんも、橋本さんのお告げを受けたという話なのよ。なんでも、横川さんは主婦業の傍ら、小説を書いて、あちこちの新人賞に応募していたらしいんだけれど、ある日、橋本さんから、『今書いている小説の主人公の名前を漢字一文字に変えれば、必ず良い結果が出る』と言われたというの。その通りにしてみたら、今まで一次予選しか通らなかったのが、最終選考まで残ったというのよ。結局、賞は取れなかったらしいけれど、横川さんにしてみれば良い結果といえるわけだし――」

操は眉を寄せて聞いていた。

「それに、何よりも、横川さんが驚いたのは、彼女が小説を書いているというのを周囲にはひた隠しにしていたのに、それを橋本さんが知っていたということ。横川さんは御主人にも小説を書いていることは隠していたというのよ。家族でさえ知らなかったことを、どうやって、何の付き合いもない赤の他人が――」

「雑誌か何か見て知ったんじゃないかしら。小説の新人賞なんかの場合、雑誌に予選の結果が載ることがあります。一次選考に通ったことがあるなら、そのとき横川さんの名前がいうから」

「それはないわね。聞くところによると、横川さんはペンネームを使って応募していたと載ったはずだし、たまたま橋本さんがそれを見たとは考えられませんか」

操は空気の漏《も》れるような溜息をついた。

「どう考えても、橋本さんが透視能力を使って知ったとしか思えないのよ。たとえ、あなたの言うように、彼女がここのマンションの住人について、何らかの情報を得ていたとしたら、どうやって、こんなことまで知ることができたのかしら。探偵を雇ったとしても、こんなことまでは分かりはしないでしょう？　それに、探偵まで雇って、マンションの住人の生活を調べる必要がどこにあるのかということよ。馬鹿げているわ。こんなことしたって、いたずらにお金がかかるだけで、何のメリットもないじゃない」

「それじゃ、先生は、橋本さんのお告げを信じるわけですか。お告げの通り、描きかけの絵を焼却してしまうおつもりですか」

操は残念そうな顔つきで言った。

「できればそんなことはしたくないんだけれど……」

今描いている絵は自分でも気にいっていた。しかも八分どおり出来上がっている。ここであれを処分してしまうのは身を切られるよりもつらい。しかし、もしそうしなければ、たった一人の肉親である母親の身に何かよからぬことが起きるとすれば……。

母とはある事情があって十歳のときから別れて暮らしている。姓も違う。必ずしも仲の良い母子とは言えない関係にあるが、私を育ててくれた祖父母が亡くなってからは、血を分けた肉親といえば、この母しかいなかった。

「あの、先生」

何か考えこんでいた操が言った。

「一日だけ待って戴けません？」

「待つって？」

「絵を処分すること。ちょっと相談してみたい人がいるんです」

操は何か思い付いたような顔でそう言った。

＊

その夜、男の声で一本の電話がかかってきた。相手は、金森と名乗った。金森と聞いても、すぐには誰だか思い出せなかったが、話しているうちに、その男性が加山操の夫だった人だと気付いた。

確か弁護士とかで、前に一度だけ、生家を改造して造った父の記念美術館で会ったことがある。

どうやら、操が「相談したい人」というのは、この別れた夫だったようだ。

「橋本という人の件ですが――」

金森氏はそう切り出し、

「結論から言うと、彼女は超能力者でも何でもないと思います。赤い絵とお母様との間には何の因果関係もありませんよ。ですから、絵を処分する必要はありません。個展に間に合うように描きあげるべきです」

と、弁護士らしく歯切れの良い口調で明快に言った。

「それじゃ、彼女はどうやって」

「マンションの住人たちの情報を得ていたのかと？」

「え、ええ」

「ひとつだけ思い当たる情報源があるんです。それを使えば、一銭も払わずに、他人の秘密に関する情報が手に入るはずです」

「一銭も払わずに？」

私は思わず聞き返した。この情報化時代と言われる時代に、一銭も払わずに、他人の情報、それも秘密にかかわる情報を手に入れる手段などあるのだろうか。

「そんな方法があるんですか」

「あります。おそらく橋本さんはその方法を使ったのだと思います。ただ、その前に、二、三、伺いたいことがあるんですが」

「何でしょう」

「先生はお母様からの手紙に返事を出されましたか」

私を「先生」と呼ぶのは、操の口調が移ったのだろう。

「ええ、出しました」

「さしつかえなければ、どんな文面だったか、教えて戴けませんか」

「そうね……」

私は思い出しながら言った。

「母は手紙の中で、最近、胃の具合がおかしいと書いてきたんです。癌を疑っているようでした。だから、くよくよ悩んでいないで、一刻も早く病院で検査して貰いなさいとすすめたのよ」

「そうですか」

金森氏はそう答えただけだった。

「あの、それが何か?」

「それと、もうひとつ、宮口さんの娘さんですが、いじめのことを誰にも打ち明けなかったというのは本当でしょうか」

「宮口さんはそう言ってましたけれど」

「そこのところをもう少し詳しく聞き出して貰えませんか。たぶん、その娘さんは、手紙で誰かにいじめのことを打ち明けようとしたのではないかと思うのですが」

「手紙で？」

私ははっとした。

「あなたの言う情報源というのは、郵便にかかわることなの？」

そう聞いてみたが、私の質問には答えず、

「あと、もう一つ。橋本さんはマンションの住人から敬遠されているという話ですが、なぜ敬遠されるようになったか理由をご存じですか」

「わたしが聞いたところでは、橋本さんは、いわゆる古株というのかしら、ここには早くから入居していたらしいのよ。そのせいか、あとから入ってきた住人に対して、何かとうるさいことを言うとかで」

「たとえば？」

「さあ、それ以上は――」

「できれば、そのへんももう少し詳しく知りたいのですが」

金森氏はそう言った。

＊

数日後。私は金森信一と新宿の中華レストランで会うことになった。夕食でも一緒にしながら、例の話をしようというのである。行ってみると、操も来ていた。どうやら、二人は、別れたあとも、時々こうして会っていたようだ。

今の二人は、どう見ても、現在進行中の恋人同士のようにしか見えなかった。この二人を見て、誰が別れた夫婦だなんて思うだろうか。

私はいまだに二人がなぜ別れたのか分からない。おそらく、当人たちにも分からないのではないだろうか。操の口から離婚の原因は聞いたことがなかったし、私もあえて聞こうとは思わなかった。私にも経験があったから、そのへんの機微は多少は心得ているつもりだった。

男女が出会ったり別れたりするのに、他人に説明できるほど明確な理由などないのだ。なんとなく縁があって出会うのであり、その縁がなんとなく切れて別れるのだろう。いや、切れたと思ってもつながっている場合もある。この二人がまさにそういう状態だった。

「で、どうでした？　例の件、聞いてくれましたか」

金森氏はさっそく聞いてきた。

「あなたの言う通りだったわ。宮口さんの話だと、娘さんは、鹿児島に転校していった親友の一人に手紙でいじめのことを打ち明けようとしたんですって」

「やっぱり」

金森氏は軽く頷いた。

「ただ、迷った末に手紙は出さなかったというのよ」

こう言うと、金森氏はがっかりするかと思ったら、別にそんな様子も見えなかった。

「でも、手紙は書いたんですね」

そう念を押しただけだった。

「ええ、書いたことは書いたらしいんだけれど」

「だったら、いいんです」

金森氏は満足そうに言った。

「ねえ、あなたの言う情報源って――まさか、橋本さんが何らかの方法で他人の郵便物を手に入れていたとか？」

私なりに思い付いたことを口にしてみた。手紙にこだわっているように見えた金森氏の話から、ひらめいていたのである。それに、この方法なら、横川さんの応募原稿を手にいれることもできるはずだ。ただ、問題は、どうやったら、他人が出した郵便物をこっそり手にいれられるかということである。まさか、マンション近くのポストの鍵を橋本さんが持っていたわけではあるまい。

金森氏はちょっと笑っただけで、私の質問にはこたえなかった。

「でも、宮口さんの娘さんは手紙を出さなかったと言う話なのよ。それに、もし、橋本さんが何らかの方法で他人の郵便物を手に入れていたとしても、それだけでは、わたしの絵のことや、宮口さんが植えたフリージアのことまでは分からないはずだわ。確かに母あての手紙は出したけれど、今描いている絵の内容には一言も触れなかったのだから――」

「べつに私は橋本さんが他人の郵便物を横取りしていたなんて考えていませんよ。そんなことができたら大変だ。立派な犯罪です」

金森氏は笑いながら言った。

「それじゃ、一体——」

私には金森氏が何を考えているのか分からなくなった。

「勿体ぶってないで、早く言いなさいよ」

操が横から肘でつついた。

「すぐ勿体つけるんだから。あなたの悪い癖よ」

「ところで、先生は手紙を書くとき、下書きをしますか」

金森氏は突然そんなことを言った。

「下書き？」

「ちょっと、いきなり話題を変えないでよ」

操が文句を言った。

「変えてないよ。ここが肝心なところなんだ。どうですか」

金森氏は私の方を見た。

「お母様あての手紙を書いたとき、下書きをしましたか」

「そういえば……」

私は頷いた。

「手紙を出したあと、下書きはどうしました？」

「どうしたって、もちろん、捨てたわ」

「どこに？」

「ゴミ箱」

「そのゴミ箱のゴミをどうしました？」

「あなた、遊んでるの？」

操がまた口を挟んだ。

「ゴミ箱のゴミはどうしました？」

金森氏は元妻を無視して繰り返した。遊んでいるようには見えなかった。真面目な顔付きだった。

「もちろん、ゴミの日に出したわ」

「どこに？」

「どこって、マンションのゴミ置き場に……」

「出したのはいつです？　朝ですか。それとも、前日の夜ですか」

「夜だったわ。朝は起きるのが遅いから、いつも、前日の夜に出すことにしてるのよ。本当は、ルール違反なんだけれど――」

「使い切った絵の具は？」

「え」

「絵の具ですよ。使い切った絵の具のチューブはどうしました？」

「捨てたわ」

「他のゴミと一緒に」

「え、ええ」

私の頭にひらめくものがあった。

「まさか、橋本さんは――」

「そのまさかですよ」

金森氏はようやく気が付いたのかという顔つきで言った。

「彼女の情報源は、先生たちが無造作に出していたゴミ袋だったんです」

「橋本さんがわたしたちの出したゴミ袋を開けて見ていたというの？」

私は呆然としたまま言った。

「おそらく」

金森氏は確信ありげに頷いた。

「そして、そのゴミの中身から、マンションの住人たちの情報を得ていたのだと思います。

*

ゴミというのは、見方を変えれば、大変な情報源ともいえるんです。ゴミの山はそのまま膨大な情報の山と言い換えられるんですよ。

たとえば、先生の場合でしたら、まずお母様あての手紙の下書きから、先生のお母様の体調が最近よくないらしいという情報を得ることが出来ます。それに加えて、赤い色の絵の具のチューブが何本か捨ててあれば、ゴミの捨て主が赤を基調にした絵を描いているらしいという推測も成り立ちます。この二つの情報を組み合わせて、橋本さんは、『赤い絵を描けば、身内が不幸になる』というもっともらしいお告げをでっちあげたんですよ。つまり、ゴミから得た二つの情報から、赤い絵とお母様との間に無理やり因果関係を作りあげたというわけです」

「それじゃ、横川さんや宮口さんの場合も――」

「情報源は同じはずです。横川さんの場合は、おそらく、小説の下書きか書き損じがゴミの中に混じっていたんでしょう。いくら家族に隠していても、ゴミとなれば無造作に捨ててしまいますからね。おそらく、橋本さんは、その捨てられた原稿を読んで、横川さんが小説を書いていることを知ったのでしょう。ただ、橋本さんに分かったのは、そこまでで、主人公の名前を変えれば云々というのは、全くのあてずっぽうにすぎないと思います。『良い結果が出る』というのも、ずいぶん曖昧な言い方ですからね。占い師とか超能力者とか自称する人たちは、きまって、こういう曖昧な言い方をするものです。結果次第では、どうにでも解釈できるようにね」

「ちょっと待って」

操が遮った。

「もし、そうだとすると、宮口さんの場合はどうなるの？　娘さんのいじめのことは、娘さんが出さなかった手紙を読んで知ったのかもしれないけれど、フリージアは？　ベランダに植えた白いフリージアのことはどうやって知ったって言うのよ」

「それもゴミで知るのが可能だよ。たとえば、フリージアの球根が市販のものだとすれば、当然、それを包んでいたネットなり紙袋なりが存在するはずだ。宮口さんは球根を植えたあと、包装紙をゴミとして捨てたんだろう。包装紙には、その球根が白いフリージアであることが分かるように明記されていたはずだ。橋本さんはそれを見て、宮口さんがつい最近、白いフリージアを植えたらしいという情報を得たんだよ。マンションで花を育てる所といえば、たいていがベランダだ。これだけの情報を組み合わせれば、『ベランダに白い花を植えれば、子供が不幸になる』という、あのお告げが出来上がるというわけだ」

「でも、変だわ」

操が呟き、私の方を見ると、

「先生のマンションではゴミ袋に名前を書いて出すんですか」

そう尋ねた。

「いいえ、そんな決まりはないわ。透明か半透明の袋に入れてというルールがあるだけで」

「それなら、どうして、外に出してあるゴミ袋がどの住人のものか分かったのかしら」

「ゴミの中にダイレクトメールやら領収書の類いが混じっている可能性はかなり高いと思うね。色々な所から毎日のようにダイレクトメールが送られてくるだろうし、光熱費や電話料金等の領収書などを、無造作に捨ててしまう人も少なくないだろう。それが一枚でも混じっていれば、誰がゴミの捨て主か見当がつくはずだ」

　金森氏は言った。

「だけど——」

　まだ腑に落ちないというように操は眉をひそめた。

「もしあなたの言う通りだとすれば、橋本さんは、なんで他人の出したゴミ袋の中を見るようなことをしたのかしら。ご主人をなくしたからといって、ゴミを漁《あさ》るほど生活に困っていたわけではないんでしょう？」

「最初は、チェックのつもりだったんじゃないだろうか」

「チェック？」

「先生の話では、橋本さんはいわゆる古株で、新しい住人に対してうるさいことを言うので敬遠されているということでしたが、もしかしたら、それはゴミ問題に関してだったんじゃありませんか」

金森氏は私に尋ねた。

「その通りよ。あのあと、宮口さんに聞いてみたら、橋本さんが住人から敬遠されるようになったのは、ゴミの出し方のことで、若い住人との間でちょっとしたトラブルが起きてからだという話なのよ。なんでも、ルール違反のゴミ袋をわざわざその住人のドアの前に戻しに行った人がいたとかで、どうやらそれが橋本さんらしいという噂がたって——」

「やはりそうでしたか。どこのマンションでもトラブルの原因になるのは、ゴミの出し方と駐車場の使い方、あとは騒音問題と相場が決まっていますからね。橋本さんは、住人のゴミの出し方に日ごろから目を光らせていたんじゃないかな。ルール違反のゴミにね。そして、そういったゴミ袋を見付けると、捨て主を確かめるために、中を開いて見ていたんでしょう」

「いやだ。それはやりすぎだわ。プライバシーの侵害じゃない」

操が顔をしかめた。彼女も、離婚後はマンションで一人暮らしをしていた。他人事ではないと思ったのだろう。

「おそらく、橋本さんが『お告げ』をしたのは、すべて、前夜のうちに出されていたゴミ袋の捨て主に限られていたと思いますね。朝では人目があるし、彼女としては、あくまでもルール違反のゴミ袋をチェックしているつもりでいたでしょうから」

金森氏が言った。

「そういえば、居酒屋をやっている宮口さんも夜のうちにゴミを出していたようだわ。一度、夜中にゴミ置き場でバッタリ出会ったことがあった……」

「最初は単なるチェックのつもりだったのかもしれません。ところが、ゴミと付き合っているうちに、他人の出すゴミというものが、いかにその捨て主の生活を如実に反映しているかという事実に彼女は気が付いたんです。汚い、臭いという難点さえ克服すれば、ゴミというのは、さきほども言ったように、ただで得られる貴重な情報源なのですからね。スーパーのレシート一枚からでも、見ようによっては、捨てた人の生活の一端が見えてしまうものです。橋本さんは、はからずもゴミを通して、他人の秘密やプライバシーを覗く悦楽を知ってしまったのです。双眼鏡でこっそり他人の部屋を覗いたり、盗聴器を使って他人の会話を盗み聞くのと同じ類の悦楽をね……」

私は、あの尖った目をした中年女性が、真夜中にただ一人、腐臭を放つゴミの山を前にしている姿を想像して、鳥肌がたつ思いがした。

「でも、そのことが、どうして超能力と結び付くのかしら」

操が呟くように言った。

「ロバの耳だと思うね」

金森氏はあっさりと答えた。

「そう。王様の耳はロバの耳。あれだよ。ゴミ漁りをしているうちに、橋本さんは、王様の耳はロバの耳だと知ってしまった床屋みたいな心境になっていったのだと思う。ゴミの中には、捨て主の秘密に関するような情報もあったのだろう。それを知ってしまった橋本さんは誰かに話したくなった。ゴミの捨て主に、自分がその人物の秘密を知っているということを知らせてやりたくなった。

あるいは、社会秩序やルールにこだわるところからみて、橋本さんという人には、潔癖で正義感の強い一面もあったように思えるから、宮口さんの場合などは、親も気が付いていないらしいいじめの事実を知って、それを自分の力でなんとかしてやりたいと考えたのかもしれない。

しかし、まさか自分がゴミを漁ってそんな情報を得たとは口が裂けてもいえないだろう。そこで思い付いたのが超能力だ。超能力を持ち出せば、多少理屈に合わないことでも、人はなんとなく納得してしまう。ゴミを漁って知ったことを、透視能力で分かったように見せ掛ければ良い。そう考えたのではないだろうか」

「それが本当だとしたら、わたしが捨てるゴミはこれからも彼女に覗かれてしまうってわけ？」

私は不快な気分になって言った。

「ロバの耳？」

「その可能性は大いにありますね」

「ねえ、それってプライバシーの侵害にあたらないの？　他人の家を双眼鏡で覗いたりするのと同じじゃないの。彼女にやめさせることはできないの」

　操が不満そうな顔つきで元夫を見た。

「他人の捨てたゴミを覗いて見たからと言って、軽犯罪にあたるわけじゃないからね。強制的にやめさせるのは難しいだろう。ゴミを覗かれるのが厭なら、夜捨てるのはやめて、人目のある朝に捨てるようにするしかないですね」

「そのために、これからは早起きしなくちゃいけないってことなのね」

　私は溜息混じりに言った。

「ただ――」

　ふと思い付いたように、金森氏が呟いた。

「橋本さんにゴミ覗きをやめさせる方法がないわけじゃないですがね」

「どうやって？」

「彼女だって自分の行為を人に知られるのはあまり好ましくないでしょう。そう思ったからこそ、超能力なんてものを持ち出してきたわけだから。そこでです。彼女の行為を知っているということを彼女に伝えるんですよ。人に知られたと分かれば、橋本さんもゴミ覗きをやめるかもしれません」

「伝えるって、めんと向かって？」

「いや、手紙で。それも彼女あてに出すわけじゃありません」

「誰に出すの？」

「誰でもいいんですよ」

「誰でもいいって――」

「ようするにこういうことです。誰かにあてた架空の手紙をでっちあげるんですよ。そして、それの下書きを捨てたような振りをして、ゴミの中に混ぜておく」

「ああ、そうか。それを橋本さんが読むというわけね」

操が合点がいったように指を鳴らした。

「まあ、ゴミを介してのメッセージとでもいいましょうか。私の推理が当たっていれば、たぶん、この方法で、橋本さんの『お告げ』はなくなるはずですがね……」


そして一月がたった。私は、「赤い絵」をそのまま描きあげ、個展に出品した。その個展もそれなりの好評のうちに終わり、しばらくして母からまた便りがあった。私のアドバイス通りに、病院で検査を受けてみたところ、神経性の胃炎にすぎないことが分かってほっとしたと書いてあった。

金森氏の言った通り、赤い絵と母との間には何の因果関係もなかったのである。

そういえば、あれ以来、橋本さんの『お告げ』の噂は聞いていない……。

逢ふを待つ間に

＊

その夜、私はゼミの学生たちを引き連れて、馴染みのスナック、「よしゑ」に立ち寄った。

「よしゑ」はボックスが二つに、あとはカウンターだけという、こぢんまりとした店で、見ようによっては、五十すぎにも、三十半ばにも見えるという、年齢不詳の和服美人がオーナーママである。

このママというのが、いささか謎めいた女性で、店の馴染みになって二年近くになるが、いまだに、店名の「よしゑ」というのが、彼女の本名だということくらいしか分からない。どんなにかまをかけても、自分の身の上を話したがらない人なのである。

店には、カウンターの片隅に一人、三十代と思われるサラリーマン風の男がいるだけだった。私たちが入っていくと、二つしかないボックスはたちまちふさがってしまった。

学生たちは、私がキープしておいたボトルを好き勝手に飲みまくりながら、前の店でも話題にしていたパソコンの話でまたぞろ盛り上がろうとしていた。

「ねえねえ、ミストの結末はどうなるの」

立花という女子学生が黄色い声を張り上げた。

「本当のことを言ってるのはどっちなのよ。シーラスなの、アクナーなの」

「それは最後までやってみれば分かるよ」

本多という学生が答えた。

「その最後になかなか行きつけないから聞いてるんじゃない」

「どこでつまずいてるんだよ」

「ストーンシップ時代にどうしても行けないのよ」

「ストーンシップなら、ミスト島の港に沈んでいる船を浮かび上がらせればいいんだ。船の船尾にストーンシップに移動できる本が置いてあるから、それをクリックすればいい――」

「そんなの分かってるわ。プラネタリウムへ行って、観測タワーで得たキーワードを入力すればいいんでしょ。それから、池のそばにあるへびと虫と葉の刻印をクリックするのよね。やったわよ。だけど、何度やっても船なんか浮かび上がってこないのよ」

「変だなあ。そうやれば、まず広場にある池の沈没船の模型が浮かび上がってくるはずなんだが」

「それがぜーんぜん浮かんでこないのよ」

「あ、それってさ」

カウンターの中から、バーテンの菅野博美が口を挟んだ。彼も学生で私の教え子である。

「最初にミスト島を見て回るときに、広場の刻印を適当にクリックしなかった？」

「した――かもしれない」

「そのせいだよ、きっと」

「どうすればいいの」

「最初からやり直すしかないんじゃない」

「えー。そんな」

最新のミステリの話でもしているのかと思ったら、どうやら本の話ではないらしい。パソコン用のゲームソフトとかの話のようだ。

「おれはさ、セレーネの所でつまずいてるんだよね」

頭を掻《か》き毟《むし》りながら田所という男子学生が言う。

「スペースシップのスライドスイッチとキーボードの音程が何度やっても合わないんだ。もう、参ったよ」

「ははは。おまえ、音痴だから」

「あれってさ、赤いページでも青いページでも駄目なんだよね」

「やっぱり。そうじゃないかと思ったわ。アクナーもシーラスもどっちもどっちって感じで、二人ともうさん臭いんだもの。どっちを選んでもろくなことはないんじゃないかって気がしてたのよね」

「で、きみ、どっちを選んだの」

「とりあえず、シーラスの方」

「赤い方か」

「だって、彼の方がハンサムなんですもん」

「女はこれだからね」

「で、最後、どうなっちゃうの。本多君、最後までやったんでしょ」

「まあね」

「教えてよ」

「あれはさ、結末が三通りあるんだ。赤いページを選べば——」

「喋るなっ。おれはまだやってないんだ」

松井がわめく。

「三通りあるって、本多君、三通り、全部やってみたの」

「まあね」

「こいつ、暇なんだよ。ユイワンのさざえ城の最初の部屋にある三つの引き出し、全部開けてみたくらいだから」

「そう言うおまえは何だ。欲望の部屋で、丸一日費やしたくせに。あそこで何度死んだんだ？」

「そ、それを言うな」

「さざえ城の最初の部屋の引き出しって、あたし、目玉石しか知らないわ。あとの二つは何なの」

「たいしたもんじゃないよ。手間かけて開けて損した」

寝た振りをしながら、聞くともなく聞いていたが、私には、彼らの話している内容が殆ど理解できなかった。

宇宙人の会話としか思えない。

彼らからまともな文学論を聞こうなどとははなから思ってもいなかったが、せめて、吉本ばななとか村上春樹の最新作の話でもしてくれたら、私にもついていけるのだが……。文学を堕落させるものだと信じて、パソコンはおろか、ワープロすら敬遠してきた私には、彼らの会話に入り込む術《すべ》がなかった。前の店でもそうしたように、狸寝入りでもするしかない。

白状すると、私には、学生たちがしきりに口にしている、「マック」とか、「ウインドウズ」とかいうのが、そもそも何のことだか、サッパリ分からないのである。学生に聞いてみたい気もするが、下手に聞こうものなら、「先生ってバッカじゃない」の一言で、私が今の大学に奉職して二十年余、こつこつと積み上げてきた国文科助教授としての権威と威厳を一瞬にして木端微塵にされかねない……

それにしても、驚かされる、というか苦々しく思うのは、最近の、パソコンの急速な広まりようである。テレビや電話のように一家に最低一台というところまではまだいかないにしても、それも時間の問題だと思われるような広まりようだ。

コンピュータなどといえば、私が学生の頃には、理科系の学生の一部が興味を持っていたにすぎなかったような気がする。それが今はどうだ。メカには弱いはずの文系の女子学生までが、「わたし、最近、ワープロからノートパソコンに替えたのよ」などと、しゃらっとした口調で言ってのける時代なのだ。とんでもない時代になったものだ。私のようなメカ音痴の中年男にとっては、まさに受難の時代のはじまりと言ってもよい。

だいたい、私はデジタルという言葉からして虫がすかないのだ。デジタル式の腕時計など、死んでも身につけたくないものだ。

「……でね、ネオンテトラが全部、死んでしまったのよ」

狸寝入りをしているうちに、本当にうとうとしてしまったらしい。はっと気付くと、立花さおりのそんな声が聞こえてきた。

ネオンテトラ？

熱帯魚の一種じゃないか。どうやら、話はようやくパソコンから、別の話題に移ったようである。熱帯魚なら、前に少しかじったことがあるから、多少は知識もある。私はほっとした。さっそく起きて彼らの会話に加わることにした。

「ネオンテトラがどうしたって？」

むっくりと起き上がって、そう言うと、

「あら、先生、ようやくお目覚めですか」

立花が私の方を見て、にやっと笑った。

「ネオンテトラが死んだって？」

「そうなんです。先生、よだれ、よだれ」

立花が自分の口を指で指した。私は、口もとを手で拭った。

「原因は何だ？」

「餓死です」

「餓死ィ？」

「はい、丸一日、餌やらなかったものですから」

立花はけろりとした顔で答えた。どうも話が分からない。私の経験からすると、一日くらい餌をやらなくても、魚が餓死することはないはずだ。それを言うと、立花は、

「ええ、でも、私には一日でも、彼らには百日でしたから。百日といえば、三カ月以上になります。餓死するのも当然です」

よけい話が分からなくなった。「私には一日でも、彼らには百日でしたから」とはどういう意味だ。

私がそのことを訊くと、立花は目を丸くして、

「やだ、先生。本当の熱帯魚の話だと思ってらしたんですか」

「な、なんだ。熱帯魚の話じゃないのか」

「熱帯魚の話ですけど」

「……」

「……」

「パソコンの中で飼ってる熱帯魚ですよ。電子ペットの話」

菅野が言った。

「でんしペット……。ぱそこんの中で飼ってる……？」

一瞬、頭がくらっとした。しまった。まだパソコンの話は続いていたのか。

「パ、パソコンの中で魚が飼えるのか？」

おそるおそる尋ねると、「あらっ」と、立花がすっとんきょうな声をあげた。

「先生、ご存じないんですか」

「も、もちろん知ってるよ。だから、パソコンの中で熱帯魚を飼っていたんだろ」

どういうことだ。熱帯魚を飼うにはまず水が必要である。私は水びたしになったパソコンを思わず想像した。

「それで、あたしったら、お魚の成長が早く見たくて、シミュレーション速度を百倍にしちゃったのよね」

絶句している私を無視して、立花は話の続きをはじめた。

「オートフィーダにしとかなかったのか」

「うっかりしていて」

「それじゃ餓死するはずだよ」

「それ、おれもやったことある」

松井が言った。

「コリドラスジュリーの雄と雌を一匹ずつ入れてさ、水槽を開いたんだ。いつ、この二匹がカップリングして卵を生むか実験したくてさ。それで、一倍じゃかったるいから、シミュレーション速度を百倍にしたんだ。オートフィーダにしておけば、餌の心配はないと思ってたけど、それだけじゃなかったんだね」

「水質の問題がある」

「うん。それをケロリと忘れていた。一時間ほどゲームをして、また水槽ファイルを開いてみたら、健康度百パーセントだったはずの二匹が両方とも病気になってた。ほんの一時間の間でだよ」

「きみにはたった一時間でも、魚たちにとっては、四日以上にあたるわけだからね」

「そうなんだ。水質汚染が原因だった。設定しておいた餌の量が多すぎたらしい。それで、水質が思ったより早く悪化していたんだ。慌てて薬用の水槽を開いて、看病してやったけど、駄目だった――」

「ちょっと聞きたいことがあるんだが」

私は思わず口を挟んだ。

「何ですか」

松井が私の方を見た。

「その――パソコンの中で熱帯魚を飼うって、その間、ずっとパソコンの電源を入れっぱなしにしておくのか」

さっきから疑問に思っていたことを口にしてみた。もしそうだとしたら、かなり電気代がかさむはずだ。不経済な話である。

「いや、そんな必要はないです」

松井が笑いながら答える。

「え。でも、電源を切ったら……」

熱帯魚も一緒に消えてしまうのではないだろうか。

「CPUのクロックと連動してますから、電源をオフにしても、水槽や魚たちが消えてなくなることはないんです」

本多が説明してくれた。

「はあ、なるほど」

分かったような分からないような気分で私は頷いた。

ところで、CPUって何だ。

「ただのアニメーションとはいえ、死なれると、やっぱり後味悪いのよね」

立花が言った。

「うん……」

「まあ、だけどさ、どうせ、マスターディスクをインストールし直せば、元に戻るじゃないか」

「そこが電子ペットのいいところだよな」

「でもねえ、そこのところが弟には分からないのよね。五歳になる下の弟に泣かれちゃってさ。あれは本物のお魚じゃないのよ、グラフィックアニメーションと言って、動く絵にすぎないの、本当に生きていたわけじゃないのよっていくら言っても聞かないのよ」

「まだ五歳じゃな。本物とアニメーションの区別もつかないだろうし……」

松井がそう言って溜息をついたときだった。

「生きていますよ」

突然、そんな声が思いもかけないところから響いた。

*

学生たちがピタとおしゃべりをやめて、一斉に同じ方向に目を向けた。店の中が一瞬、水を打ったように静まりかえった。

「彼らは生きています。ぼくたちと同じように、考え、感じながら、生きているんですよ」

声はもう一度響いた。

声の主は、私たちが入ってきたときから、一人でカウンターにいたサラリーマン風の男だった。

男は私たちの方を振り向きもせず、やや猫背気味の背中だけを見せている。学生たちの会話を背中で聞いていたらしい。

「あの――」

立花さおりがややうろたえたような顔つきで口を開きかけた。

「彼らは作りものではない。電子生命として立派に生きているんです。たとえマスターディスクをインストールし直したとしても、死んだ魚が生き返るわけではない。マスターディスクをインストールし直せばそれで事足りると考えているきみたちよりも、彼らの死に素直に涙を流した五歳の子供の方がユーザーとしてはるかに立派だ」

「ちょっと、それって、言いすぎじゃありません？」

立花がむっとしたように言った。

店内に気まずい雰囲気が流れた。

酔客がからんできたのかな、と私は身構えそうになった。学生たちを連れて飲屋に行くと、時々、こういう場面に出くわすことがある。一度など「表へ出る出ない」の乱闘騒ぎに発展しそうになった。ささいなことに因縁をつけて、からんでくるのは、一人で飲みに来ている若い男に多かった。

今回もこのケースかと思いかけたとき、

「あ、どうも失礼」

男が振り向いた。声の調子が一変していた。

「きみたちの話を聞いていたら、つい黙っていられなくなって、よけいなことを言ってしまいました。どうもすみません」

男はそう言って頭をさげた。声にも態度にも乱れは感じられなかった。酔った勢いで、からんできたわけではないらしい。

立花さおりの強張りかけた顔もすぐに和らいだ。

「それに、えらそうに言ってしまいましたが、ぼくにも似たような経験があるんです。ひとつの電子生命を、ぼくのミスで失ったことがあります。だから、きみたちを責める資格はないんです」

男は自分に言い聞かせるように呟いた。

「あなたもパソコンで熱帯魚を――?」

立花が尋ねると、男は首を振った。

「いや、魚じゃありません。ぼくが失ったのは人間の生命です」

「人間？」

立花が驚いたように聞き返した。他の学生たちも、さきほどとは違った目付きで、カウンターの客を見詰めていた。

「人間です。それもただの人間じゃない。ぼくの妻なんです」

男はそんなことを言い出した。

「妻って――でも、今、確か、亡くしたのは電子生命だって」

本多が不審そうな顔つきで言った。

「マリッジ・ゲームってソフト、知らないかな」

男の口調がややくだけたものになった。

「マリッジ・ゲーム？」

学生たちは互いの顔を見合わせた。誰もが「知らない」というように首を傾げる。

「知らないか。無理もない。もうこのソフトは製造されていないというし、市場にも出回ってないようだからね」

男は肩を竦めた。

「どういうゲームなんですか」

本多が尋ねた。

「そうだな、てっとり早く言えば、独身の男性ユーザー用に作られた結婚生活のシミュレーション・ゲームだね」

「へえ」

「電子ペットを飼うように、電子妻《めと》を娶り、子供も作ることができるんだ。水槽を開いて熱帯魚を飼うように、パソコンの中で家庭を持って、妻や子供を養うというゲームなんだよ」

「そんなゲームがあるんですか」

本多が驚いたような声をあげた。

「ある、というか、あったんだよ」

「あの、よかったら、こちらへ来ませんか」

立花が言った。さきほどとはうってかわって、かなり友好的になっていた。

学生たちは身を寄せあって、カウンター客の座る場所をあけた。

男は自分のグラスを持ってやって来た。

「まあ、これでも飲んで」

松井が私のボトルをつかむと、ビールでも注ぐような勢いで、ドボドボと男のグラスに琥珀の液体を注ぎこんだ。

先週、入れたばかりの私のボトルは、半分以下に減っていた。

「その頃、ぼくは三十を過ぎていたが、まだ独身だったんだ――」

男はグラスの酒には手をつけず、話しはじめた。

＊

「独身でいたのは、これはという女性が身近にいなかったせいもあるけれど、結婚生活そのものに、あまり魅力を感じていなかったんだ。家庭を持つと、何かと束縛されるだろうし、それが煩わしいと思っていた。とはいうものの、三十を過ぎると、それまで独身を謳歌していた友人たちが次々と結婚していった。そんな友人たちの噂を聞くたびに、結婚も悪くないなと考えはじめるようになった。と言っても、肝心の相手がいないし、これから慌てて探すというのも気乗りがしない。そんな気分になっていたときに、ちょうど、よく行くパソコン・ショップの店頭で、あのゲームを見付けたんだ。

なんとなく興味を持った。パソコンの中で持った家庭なら、厭になったら閉じればいい。そんな軽い気持ちで、ゲームを買ってくると、うちのパソコンにインストールしてみた。インストールが完了すると、まず、三人の若い女性の写真と身上書がディスプレイに表示される。身上書には、女性たちの年齢、職業、学歴、育った環境、趣味や結婚相手への希望などが書かれている。それを検討して、三人の中から、一番気にいった女性を選び出すんだ。

ぼくは、三人の中から、『山本しのぶ』という女性を選び出した。彼女は二十四歳になる、図書館の司書をしている女性で、小柄で色白、性格は物静かで読書好き、父親はさる大手企業の課長、母親は生け花の先生をしている中流家庭に育ったと設定されていた。

他にも、イギリス人の有名ピアニストを母親に持つという、ハーフの超お嬢様もいたが、これは敬遠した。というのも、彼女の履歴書を見たら、結婚相手への希望として、『年収最低一千万以上』とあったからだ。その頃のぼくの年収は一千万以下だったから――」

「待ってください」

本多が口をはさんだ。

「ユーザーの年収が一千万以下だったら、その超お嬢様を選ぶことはできないんですか」

不満そうに言う。

「いや、そういうわけじゃない。どうしても彼女を選びたければ、ユーザーのデータを入力するときに、年収の欄に一千万以上の額を入力すればいい。べつに税務署に申告するわけではないんだから、嘘を書いてもかまわないんだ。そこは、ユーザーがこのゲームをどう楽しもうとしているかということで違ってくる。

ゲームをより現実的に楽しみたいと思ったら、なるべく等身大の自分のデータを入力すればいいし、現実とは掛け離れた夢の世界を味わってみたいと思えば、実際の自分とは違うデータを入れればいいんだ。だから、たとえユーザーが既婚者でも、このゲームの中では独身ということにして、ゲームを楽しむこともできるんだよ。

ぼくは、ゲームをなるべく現実に近付けて楽しみたいと思ったから、自分のデータをそのまま入力して、今の自分にも手の届きそうな『山本しのぶ』を選んだんだ。

三人の中から一人の女性を選び出す作業を完了すると、お次は婚約、結納、結婚式というセレモニーがある。これは面倒だと思ったらパスすることもできる。ぼくは婚約、結納はパスして、結婚式をすぐに挙げた」

「結婚式ってどう挙げるんですか」

さすがに女性らしく、興味しんしんという顔で立花が尋ねた。

「ディスプレイにウエディングドレス姿の花嫁が現れるから、神父の言葉を待って、右下隅にある指輪をマウスでクリックすればいい。すると、その指輪が消えて、彼女の指にはまるというわけだ。これで結婚式の完了」

「なんだ。あっさりしてるんですね」

立花はつまらなそうに言った。

「結婚式というのは、花嫁にとっては、永遠に続いて欲しいセレモニーかもしれないが、花婿にとっては、目をつぶって一気に通りすぎてしまいたいものだからね、簡単な方がいいんだ。その代わりといってはなんだが、和風というか、神前結婚を選ぶこともできる。神前の方を選択すると、花嫁は白無垢姿で現れ、神父の代わりに神主が現れるらしい」

「へえ」

「で、結婚式が済むと、次は入籍だ。ディスプレイに実物そっくりの婚姻届の用紙が現れるから、それに、自分と選んだ女性の名前を入力する。女性の名前は、最初から設定されているが、ここでユーザーの好きな名前に変えることもできる。たとえば、ユーザーが片思いしている女性がいて、その女性との仮想結婚を楽しみたいと思ったら、その女性の名前を電子妻につけることもできるんだ。ぼくは、『しのぶ』という名前がけっこう気にいっていたので、そのまま、彼女の名前として使うことにした。

必要事項を入力したら、あとは二人の印鑑を捺《お》して、入籍の完了だ。印鑑は、印鑑ファイルを開いて、そこに登録されている自分の姓をクリックすればいい。すると、たちまち、用紙の上に、自分の姓をかたどった印鑑マークが現れる。印鑑ファイルには、代表的な姓はたいてい登録されているが、ユーザーの姓が珍しいもので登録されていなかったら、自分で作成して登録という手続きを踏んでもいいし、それが面倒なら、マル印と書かれたマークをクリックすればいい。これは、どんな姓にも対応できるマークだ。印鑑マークを入力して、入籍の完了。晴れて、二人が夫婦と認められたことになる。婚約や結婚式などのセレモニーは、省略できるが、この入籍だけはパスできない。これをパスしようとすると、次の設定ができないようになっているんだよ。

さて、入籍が終わったら、お次は新居探しだ。新居の設定にも幾つかの選択肢がある。賃貸か分譲か、あるいは、アパートか、マンションか、一軒家か。ただ、よりどりみどりというわけではなくて、その選択は、最初に入力したユーザーのデータによって、ある程度ランクが決定されてしまうんだ。年収を高額に入力してあれば、高級マンションや豪邸を選ぶことができる。もっと詳しく言うと、年収が五百万に満たないのに、月々の家賃が五十万以上のマンションを選ぶことはできないというわけだ。月々の家賃は、月収の五分の一以下でないといけない。分譲を選んだ場合でも、頭金などの、ある程度の条件をクリアしなければならない。

ぼくは、正直に入力した自分の年収によって、三千四百万の二ＬＤＫ新築マンションを三十年ローンで購入することにした。

ここまでの設定を終えると、ディスプレイには、がらんとしたマンションの部屋が現れる。今度は家具選びだ。これも家具ファイルを開いて、好みの家具を一つずつ選んで、マウスでセッティングしていく――」

「あの、一つ、聞いてもいいですか」

田所が口をはさんだ。

「たとえばですね、三人の中から、Ａ子を選んでそこまで手続きを踏んだとして、後の二人とも同じことができるんですか」

「Ａ子と結婚しながら、他の二人とも結婚できるかって意味？」

「そうです。どうせなら三人一緒に」

「えっ。それじゃ、三人の候補者がいても、一人としか結婚できないんですか」

田所は不満そうに言った。

「それはできない」

「もちろんだよ。だって、日本では重婚は禁じられているじゃないか。シミュレーションゲームといえども、そこは日本の法律に則《のっと》っているんだ。ただ、A子と家庭を持ってみたが、そのうち、B子とも結婚したくなったら、方法がないではない」

「どうするんです」

「それは現実と同じ方法を取ればいい。離婚という手続きを踏んで、A子との結婚生活を強制終了させ、新たに、B子との結婚を設定しなおせばいいんだ。離婚届も、婚姻届のように、実物大のコピーが現れるから、そこに二人の名前を入力して、印鑑を捺せばいい。こうした手続きを踏めば、B子ともC子とも新たに結婚生活を営《いとな》むことができる」

「同時進行はだめなんですね。熱帯魚みたいに、幾つも水槽を持つことはできないんですね」

「三人と同時に結婚はできない。つまり、三つの家庭ファイルを同時に開くことはできないというわけだ。このゲームの最終目的は、ユーザーが選んだ一人の女性と、どのくらい長く添い遂げることができるかにあるからだよ。日本では認められていない一夫多妻を机上で楽しむためにあるわけじゃない」

「なんだ」

　誰かが呟いた。

「ただ、ここで一つ気を付けなければならないのは、三人の女性の中には、離婚経験者、いわゆるバツイチとは結婚しないという条件を出している女性がいるってことだ。それは、最初に提示される身上書にちゃんと明記されている。だから最初に選んだ女性と離婚して、彼女と再婚しようとしても、これはできない。彼女に拒否されてしまう。つまり、彼女との家庭ファイルは開けないいんだよ」

「誰です、それは」

「ハーフの超お嬢様だよ。名前はキャロライン・高見沢という」

「超お嬢様は注文が多いんですね」

「それは超お嬢様だからね。安売りはしない」

「それじゃ、そのキャロライン・高見沢とは、最初に結婚するしかないんですか」

「いや、彼女が受付けないのは、離婚した場合だけで、最初の妻と死別した場合は、再婚でもOKなんだ」

「へえ」

「こうして、一人の女性と添い遂げて、めでたく金婚式まで迎えられると、二人を祝福する何か楽しいセレモニーが待っているらしい」

「鶴と亀が現れて乱舞するとか？」

「さあ。どういうセレモニーかは分からない。ユーザーズガイドには詳しいことは書いてなかったし、ぼくはそこまでいけなかったから……」

男の表情が曇った。

「金婚式を迎えてゲームオーバーってわけですか」

本多が言った。

「いや、このゲームには、ゲームオーバーはないんだ。そこはアクアゾンやタワーなどと似ている。金婚式を迎えても、結婚生活は、電子妻が老衰で死ぬまで続けることができる。それに、たとえ、最初の妻と死に別れても、凍結してある二人の若い女性と再婚するチャンスもあるし。やりようによっては、半永久的に続けられるんだ。コンピュータとユーザーが生きている限りはね」

「てことは、そのゲームも、アクアゾンのように、コンピュータに内蔵されたクロックと連動してるんですか」

本多が尋ねた。

「ああ、そうだ。だから、パソコンの電源をオフにしても、電子妻は生き続けているし、シミュレーション速度を一倍にしておけば、ユーザーと同じように年を重ねていくんだよ。シミュレーション速度も、０から１００までの間で自由に設定できるようになっている。

妻をずっと若いままにしておきたければ、速度を0に設定しておけばいい。そうすれば、彼女の年齢も外見も最初のままだ。年も取らないし、病気にもならないし、死ぬこともない。でも、それだと同時に、妊娠とか出産とかのイベントが起こることもない。むろん、彼女の時間は止まったままで流れないから、二人で金婚式を迎えることもできない。アニメーションそのものは動いているけれどね」

「その死ぬ、ってのはどういうことなんですか。アクアゾンの場合だったら、餌をやらなかったり、水質管理を怠っていれば、魚は餓死したり病気になったりして死んでしまうわけだけれど……」

立花が首をかしげながら言った。

「電子妻が死ぬ場合は、稀に火災などの事故というアクシデントも設定されているらしいが、殆どは、病気によるものなんだ。適切な治療をしなければ死に至る病が幾つか設定されている。病気度はレベル1からレベル10まで設定されていて、レベル10になると死んでしまう。たとえば、一番かかりやすいものに風邪がある。レベル2までは市販の風邪薬で治るが、レベル3以上になると通院の必要がでてくる。レベル5まで放っておくと、肺炎を併発して入院ということになる。

でも、一番怖いのは、癌だ。レベル3くらいまでの間で、病に気が付いて、病院というアイテムをクリックして治療すれば、早期発見という形で、百パーセント完治する。でも、放っておいて、病気度が進み、レベル８以上になると、末期ということで、病院へ行っても助かる確率は極めて低くなってしまう。

しかし、突然、病気にかかるわけではない。日ごろの食生活とかストレスとかが、電子妻の罹病率と密接に関連しているんだよ。だから、妻を病から守りたいと思ったら、日頃から彼女の健康には細心の注意を払わなければならない」

「どうすればいいんですか」

「まず食生活だ。午前十一時までに家庭ファイルを開くと、彼女はまず、朝食のメニューをたずねてくる。それに答えて、献立の選択肢から、朝食のメニューを選び出す。メニューも魚料理や肉料理、和食、洋食、中華風と色々ある。どれも栄養のバランスを考えた献立になっている。食べたいメニューをクリックすれば、ディスプレイに二人分の朝食が現れる。それで、二人で朝食を取ったことになる。

こういう風にして、毎日三食きちんととれば、電子妻の食生活は完璧で、病気にかかる心配もない。かかったとしても、軽い程度のもので済む。

つまり、家庭ファイルを開いたら、毎日三回、どんなに忙しいときでも、最低一回はファイルを開いて、彼女と一緒に食事をしなければならないというわけだね」

「それをしないとどうなるんです。電子妻は餓死してしまうんですか」

「いや、ペットじゃないんだから、餓死することはない」

男は苦笑した。

「ただ、そうなると、電子妻は一人で食事をする設定になり、その食生活は劣悪なものになる。お手軽なレトルト食品とかスナック菓子で済ませてしまうという設定になっているからね。こういう栄養価の乏しい貧しい食生活を続けていると、病気になる確率も高くなってしまうんだ。放っておけば、いずれは病気にかかり、病気度が進んで死に至ってしまう……」

「それが死別ということか」

「マリッジ・ゲームでは、食生活というのが一番大切なんだ。できれば、毎日ファイルを開いて、電子妻と三食を一緒にすること。その都度、彼女の健康度をチェックすること。そして、病気にかかっているのを発見したら初期の段階で治療すること。この三点を怠らなければ、いつまでも彼女と暮らしていくことができる」

「オートフィーダというのはないんですか」

「それはない。だから、旅行などで長く留守をするときには、心配だったら、シミュレーション速度を0にして、彼女の時間を止めるしかないね。放っておいても餓死することはないが、留守をしている間、彼女は一人で食事をしている設定になっているから、日数によっては、彼女の健康に影響してくる。

さて、こうして、家具を全部揃え終わって、愛の巣が出来上がった。いよいよ、ぼくたちの新婚生活がはじまった……」

＊

「さほど期待もせず、ごく軽い気持ちではじめたゲームだったが、やってみると、想像していたよりもはるかに、電子妻との生活は楽しかった。朝は、起きると、すぐにパソコンのスイッチを入れるようになった。しのぶと一緒に朝食を取り、『行ってらっしゃい。気を付けてね』という甘い声に送り出されてアパートを出ると、それまで苦痛でしかなかったラッシュ時の満員電車もそんなに苦にならなくなった。

仕事が終われば、まっすぐ家に帰るようになった。それまでは、誰も待っていないアパートに早く帰ってもしょうがないので、同僚を誘って、たいして飲みたくもない酒を飲んで暇をつぶすことが多かったのに、しのぶと暮らすようになってからは、どんなに遅くても八時までには家に帰るようになった。

はたから見れば、たあいもないママゴトみたいな生活だったかもしれないが、ぼくは、本当の新婚生活をはじめたような気分を味わっていた。

こんな生活が一カ月続き、そろそろ、ゲームに飽きる頃になっても、ぼくはいっこうに飽きなかった。それどころか、日がたつにつれて、いよいよゲームにのめり込んでいった。しのぶへの関心と愛情がどんどん強くなっていったんだ。

むろん、彼女は、『おはよう』とか、『行ってらっしゃい』とか、『お夕食は何にする？』

とかいった、プログラムに組み込まれたシンプルな会話しかしないし、動作も毎日同じパターンの繰り返しにすぎない。にもかかわらず、ぼくは、彼女の動作や表情が、日によって微妙に違っているような錯覚さえおぼえた。

いつのまにか、ぼくの中で、彼女はただのアニメーションではなくなっていた。ぼくたちの生活はゲームではなくなっていたんだ。今まで生身のどんな女性にも抱いたことのない気持ちを彼女に対して抱くようにさえなっていた。毎朝、パソコンを覗いて、彼女のデータをチェックした。病気度が0で、健康度がレベル10だったりすると、ほっとした。ストレス度が低くて、青い数字で表示されていると、彼女もぼくとの生活に満足しているのだと分かって、嬉しくなった――」

「そのストレス度って何です」

誰かが尋ねた。

「ああ、このストレス度というのはね、電子妻がユーザーとの結婚生活にどの程度満足しているかを数字で表したものなんだよ。これもレベル1からレベル10まで設定されている。レベル3までは青い数字で、レベル4から7までは黄色い数字。レベル8以上になると赤い数字で表示される。数字が小さいほど、妻のストレス度は低く、ユーザーとの結婚生活に満足していることを表している。

このストレスというのは、さっき話した、食生活とも密接に関係しているのだ。昼は無理にしても、朝と晩、電子妻と食事をともにしていれば、ストレス度が赤くなることはない。でも、何日も食事をしない、つまり家庭ファイルを開かなければ、彼女のストレスがたまってしまう。

それと、言い忘れていたが、休日には、電子妻の趣味に必ず付き合わなければならない。三人の女性たちには、それぞれ違った趣味があって、たとえば、超お嬢さまの趣味は、母親仕込みのピアノだが、彼女を選べば、休日には、きまって彼女のピアノを聴かされるはめになる。これを拒否すると、彼女のストレスがたまるというわけだ」

「しのぶさんの趣味は何だったんですか」

立花が聞いた。

「しのぶの趣味は読書だった。休日になると、いつも、今、自分が読んでいる本の話をしてくれた。ぼくはそれを黙って聞かなければならない。でも、ぼくにとっては、それは苦痛どころか楽しみだった。読んでいない本があったら、本屋で買ってきてすぐに読んだ。だから、そのことで、しのぶのストレスがたまるはずはなかった」

「ストレス度がレベル8以上になると、どうなるんです」

「電子妻は自分の不満を行動で示すようになるんだ」

「何をするんです」

「家出してしまう」

「はあ」

男子学生たちの間から溜息が漏れた。

「どんなに呼び掛けてもディスプレイには現れなくなってしまう。テーブルの上に紙が置かれてあるので、クリックして拡大化してみると、『しばらく実家に戻ります』と書いてある。ロッカーを開けてみると、彼女のスーツケースがなくなっている。ユーザーズガイドの説明によると、レベル8くらいだと、三日で帰ってくる。9だと、一週間は帰ってこない。レベル10になると、三週間は帰らないそうだ。

しのぶとは、一年ちょっと暮らしたけど、彼女のストレス度がレベル8を越えたのは、たった一度だけだった。仕事が忙しくて、気にはしながらも、早く家に帰れない時があった。そのとき、彼女は三日ほど実家に帰ってしまった。ぼくは寂しくてたまらなかった。我慢できなくなって、その時だけは、シミュレーション速度を百倍に設定した。実家にいる間は、実家の家族と食事をしているはずだから、こうしても、彼女の食生活には何の影響もないと思ったからだ。

そのことがあってからは、ぼくは、どんなに忙しいときでも、最低一回は、ファイルを開いて、彼女に会うように心がけた。しのぶがぼくにとって、かけがえのない存在であることが厭というほど分かったからだ。

そのうち、ぼくは、ぼくたちの子供の誕生を心待ちにするようになった――」

「さっきから疑問に思っていたんですが、どうやって、電子妻との間に子供を作るんですか」

そう言ったのは本多だった。

「一緒に食事をしているだけでは子供はできませんよね」

「むろんそうだ。でも、このマリッジ・ゲームでは、いわゆる夫婦生活も、食生活の延長として設定されているんだ。夕食が終わると、妻が、『ワインでもいかが』と誘ってくる。これが、ベッドインの合図になっているんだ」

「はあ……」

「この誘いにOKの返事を入力すれば、次に体位と時間の選択肢が表示されるから、それを選択する。それが一回のセックスに換算されるというわけだ。その気にならなければ、NOと入力すればいい。この誘いを拒み続けるか、あるいは、電子妻との夕食そのものをしなければ、いつまでたっても子供はできないというわけだ」

「あの、それだけですか？」

「アダルトものではないからね、このあたりは比較的あっさりと処理されているのだ。ただ、毎日、ワインを飲み続けても、たちまち子供ができるとは限らない。どうも、一年以上、電子妻と暮らさなければ、妊娠しないように設定されているようだ。電子妻が妊娠すると、妻からの報告という形で、ユーザーに知らされる。ユーザーズガイドによると、その瞬間、妻の体に後光がさし、色とりどりの花が宙に咲き乱れるそうだ」

「……」

「最初に、ユーザーのデータを入力するときに、遺伝病の有無とか、くせ毛か直毛かとかの身体上の特徴を選択する欄があるんだ。それに入力しておくと、生まれてくる子供に、ユーザーの特徴を遺伝させることができる。そして、子供が生まれたら、子育ては妻にまかせるか、あるいはユーザーも参加するかの選択ができるようになっている。妻にまかせる方を選ぶと、子育ての煩わしさは回避できるが、その分、妻のストレス度が増す可能性が高くなるんだ。ぼくは、子供が生まれたら、しのぶと一緒に育てようと決心した。彼女にだけまかせて、彼女のストレス度を高めたくなかったし、彼女との愛の結晶なら可愛くないはずがないと思ったからだ。

　ぼくは、しのぶが妊娠するのを心待ちにしていた。いつ生まれてもいいように、子供の名前も考えていたんだ。女ならあゆみ、男なら大樹と決めていた。できれば、しのぶによく似た女の子が欲しいと思っていた。それなのに――」

　男の声が詰まった。

「子供ができる前にしのぶさんが亡くなってしまったんですね」

　立花が同情するような顔つきで言った。

　男は深く頷いた。

「死因は何だったんですか」

「癌。末期の胃癌だった」

男は絞り出すような声で答えた。

店内がまた静まりかえった。

「どうして癌になんか――」

立花が怒ったような声で言った。

「毎日ファイルを開いて、しのぶさんの健康には気を配っていたんでしょう？　それなのに、癌に気が付かなかったんですか」

「もちろん、ぼくが気が付いていれば、すぐになんとかしただろう。でも、ぼくは気が付かなかった……」

「どうして――」

「彼女が癌にかかったとき、ぼくはカリフォルニアにいたんだ」

「旅行してたんですか」

「仕事だよ。出張してたんだ。カリフォルニアにある支社に一年」

「しのぶさんを連れて行かなかったんですか」

「ぼくだって、一年もしのぶと別れて暮らしたくはなかった。できれば、彼女も連れて行きたかった。でも、会社が用意してくれたアパートには、パソコンは置いてないというし、まさか、プライベートなソフトを支社のコンピュータに入れるわけにはいかない。それで、しかたなく、しのぶは置いて行くことにしたんだよ」

「それなら、どうして、シミュレーション速度を0に設定していかなかったんです。そうしておけば、留守の間のアクシデントは避けられたのに」

「もちろん、そうしたよ。日本をたつ前日に、ぼくは、彼女の時間を止めた――」

「えっ。それなのに、病気になってしまったんですか」

「ぼくのミスだった。とんでもない入力ミスをおかしていたんだ。ぼくはそれに気がつかなかった。しのぶの時間を止めたとばかり思いこんでいた」

「どういうことなんです？」

「とにかく、ぼくは一年の海外生活を終えて、しのぶの待つアパートに帰ってきた。もどかしい思いで、パソコンの電源を入れて、家庭ファイルを開いた。ディスプレイにしのぶが現れた。一年前と同じ顔、同じ姿で。彼女は、いつもと変わらぬ声で、『お帰りなさい。お疲れでしょう』と言った。それは、夜、ファイルを開くと真っ先に彼女が口にするセリフにすぎなかったが、ぼくには、慣れない海外生活を終えて帰ってきたぼくを、しのぶがねぎらってくれているような気がした。二人で久し振りに夕食をともにした。その後で、ワインを飲んだのは言うまでもない。パソコンのスイッチを切る間際になって、ぼくは、シミュレーション速度を0にしておいたことを思い出した。それを元に戻すために、その項のファイルを開いた。一瞬、我が目を疑った。自分の目に映っているものが信じられなかった。心臓が止まりそうになった――」

「シミュレーション速度が0になっていなかったんですね」

「そうだ。0じゃなかった」

「一倍のままだったんですか」

「違う」

「えっ」

「ぼくの目に映った数字は――」

男はようやく言った。

「100という数字だった」

＊

「100って、百倍？」

立花が悲鳴のような声をあげた。

「そうだ。シミュレーション速度が百倍になっていたんだ」

「誰がそんな――」

「ぼくだよ。自分でやったとしか思えない。一人暮しだったから、留守の間に、誰かが部屋に入ってパソコンをいじったとは考えられない。それに、シミュレーション速度を変更したとき、ぼくはひどく疲れていたことを思い出した。日本を離れる前に会社に提出しなければならない書類があって、それを寝る直前までパソコンで作成していたからだ。くたくたに疲れて、眠くてたまらなかった。

だから、それまでの1という数字をBSキーで消して、0と入力し直すときに、1をちゃんと消さずに、0を入力してしまったらしい。それも二つ重ねて。そのまま設定変更OKのボタンを押してしまっていたんだ」

「でも、おかしいじゃないですか」

口を挟んだのは本多だった。

「ディスプレイに現れた彼女は、一年前と同じだったんでしょう？　百倍といえば、一年の百倍、つまり電子世界では、百年もの歳月が流れていたことになります。しのぶさんが生きていたとしたら、百歳を越えているはずです。それが、どうして若いままの姿でいられたんです？」

「ぼくもそれが不思議だった。だから、そのときは、これは何かの間違いだと思った。もしかしたら、長い間、パソコンの電源を入れなかったので、内蔵されたタイムクロックがうまく作動しなかったのかもしれないとも思った。自分の入力ミスに気が付いたときは、それこそ、心臓が止まりそうになったが、しのぶが無事だったのに安堵して、そう思い込もうとした。

ところが、翌朝、ファイルを開いて、あっと言いそうになった。ディスプレイには、マンションの部屋は映っていなかった」

「何が映っていたんです」

「荒れた草むらにポツンとたっている墓石だけが映っていた」

誰かが息を呑む音がした。

「苔むし、供えられた花の枯れた墓石には、しのぶの名前が刻まれていた」

「それじゃ、しのぶさんは――」

「やはり百年の歳月は流れていたんだ。彼女はとっくに亡くなっていて、冷たい墓石になっていた。しのぶのデータを開いてみると、死亡日時と死亡原因が記されていた。死亡日は、ぼくが日本をたってから十三年後の三月二十三日。死亡原因は末期の胃癌とあった。しのぶはある日、突然帰ってこなくなったぼくを待ち続けながら、たぶんそのストレスから病気になり、たったひとりぼっちで死んで行ったのだ」

「そ、それじゃあ、前日にディスプレイに現れた彼女は一体何だったんです」

「幽霊、だったのかもしれない」

「幽霊？」

学生たちは異口同音に言った。

「電子妻が幽霊になって現れたっていうんですか」

「そうとしか考えられない。そう思える理由がひとつあった」

「何です」

「再会した夜、しのぶは謎のような言葉を口にした。そして、この言葉の意味が分かるかとぼくにたずねた。ぼくがＮＯと返事をすると、彼女は何も言わず、ただちょっとほほ笑んだだけだった」

「どんな言葉だったんです」

「古語のようだった。逢ふを待つ間に。たしか、しのぶはそう言った」

「アウヲマツマニ……」

学生たちは口々に呟いた。分からないというように、誰もが首をかしげる。

私の頭にふとひらめくものがあった。

「それは、ひょっとしたら、雨月物語の――？」

そう言うと、男は私の方を見て頷いた。

「そうです。『浅茅が宿』に出てくる女、宮木が夫の勝四郎と再会したときに言った言葉だったんです。逢ふを待つ間に恋死なんは人しらぬ恨みなるべし。しのぶは宮木の言葉を借りて、そう言いたかったのだと思う。その一言を伝えるために幽霊になって現れたのではないか。宮木がそうしたように。そのことに、ぼくはずっとあとになって気が付いた――」

「あの、もしかしたら、それは、そのゲームに最初から組み込まれていたプログラムだったんじゃないですか。ユーザーを驚かせるために」

　本多が言った。

「ぼくもそれは疑ってみたよ。だから、ゲームのパッケージに記されていた会社に電話を入れて、その旨《むね》を確かめてみた」

「それで？」

「返事はＮＯだった。担当者の話では、そんなプログラムは組んでいないという。担当者もぼくの話を聞いて驚いていた。その声の様子からして嘘をついているようには思えなかった」

「それじゃ……」

「あれはやっぱりしのぶの幽霊だったんだ。しのぶが自分の意志で現れたとしか思えない。ただのアニメーションであることを超えて、彼女はいつのまにか感情を持ちはじめていたんだ」

「でも」

　立花が慰めるように言った。

「マスターディスクがあるじゃありませんか。もう一度インストールし直せば、しのぶさんを生き返らせることができます」

「そうだね。ぼくもそうしたよ。しのぶが亡くなったからといって、他の二人と再婚する気にはなれなかった。だから、マスターディスクを再インストールして、もう一度しのぶを呼び出し、最初からやり直そうと思った」

「しのぶさんは生き返ったわけですね」

「いや」

　男は沈んだ声できっぱりと言った。

「しのぶは生き返らなかった」

「え。だって――」

「むろん、理屈の上では、再インストールして現れたしのぶは、最初のしのぶと全く同じ人物だ。やり直せるはずだった。だけど、だめだった。新しいしのぶは、しのぶでありながらしのぶではなかった。ぼくの知っているしのぶではなかったんだ。しのぶと暮らしたのは、一年ちょっとにすぎなかったが、その間に、ぼくたちは幾つかの思い出を共有した。それが新しいしのぶにはない。同じ声と同じ姿をしていても、ぼくには、彼女がしのぶだとはどうしても認められなかった。

　ぼくがさっききみたちに言いたかったのはこのことなんだよ。しょせん、作りもののアニメーションなのだから個性なんてないと思っているかもしれないが、それは違う。ユーザーと付き合っているうちに、彼らにも個性が生まれてくるんだよ。彼らもぼくたちと同じように唯一無二の存在なんだ。一度死んだら、同じものは二度と生き返らない生命体なんだよ。

その証拠に、ぼくは、新しいしのぶに興味を失ってしまった。彼女には最初のしのぶに感じたような愛情がどうしても持てなかった。そのせいか、彼女の方もぼくに心を開いてくれなかった。新しいしのぶのストレス度は日ごとに高まっていった。一カ月もすると、ぼくは、ファイルを開くのも億劫《おっくう》になってきた。このままでは、新しいしのぶも病気になってしまうかもしれないと思った。それでは可哀そうだ。それで、ぼくは決心した。離婚の手続きを取って、家庭ファイルを終了することをね。そして、その通りにした。それ以来、一度もあのファイルを開いたことはない」

学生たちは皆黙りこんでしまった。奇妙な沈黙が続いた。

「ただ――」

男は気を取り直したような声で沈黙を破った。

「その代わりと言ってはなんだが、実は、三カ月ほど前に本当に結婚をしたんだ。薦《すす》める人がいて、今の妻と」

「なんだ。そうだったんですか」

立花の顔に笑顔が戻った。

「それで、現実の結婚生活はどうですか」

そう尋ねたが、男は微笑しただけで答えなかった。

「馬鹿なこと訊くなよ。そりゃ本物の方がいいにきまっているじゃないか」

松井が言った。

「ワイン飲むだけで子供ができちゃう仮想結婚なんてつまらない」

どっと笑い声が起こった。

「全くだ」

男もそう言って、かすかに笑った。どことなく弱々しい笑い方だった。

生霊

「生霊なんて――」

私が差し出したおしぼりでツルリと顔を拭ったあと、横川道彦は唐突に言った。

「本当にいると思う？」

「え」

私は、こんにゃくとごぼうの煮物を小鉢に盛る手を思わずとめた。横川の顔をまじまじと見る。

「いきりょう？」

「うん。いきすだま、とも言う」

横川は使ったおしぼりを丁寧に畳んで脇に置くと、はずしていた眼鏡をかけ直した。

「いきすだま……」

そう言われても、私にはいよいよ分からない。

「何なの、その生霊って？」

「おい、菅野君」

横川はバーテンの菅野博美に声をかけた。

「はい？」

横川のボトルから水割りを作りかけていた菅野は顔をあげた。

「ママに生霊の説明をしてやれよ」

「え。ぼくがですか」

「そうだ。きみがだよ」

横川はにやにやしながら言った。

バーテンと言っても、菅野はまだ学生である。ある私立大学で国文学を教えている横川の教え子で、前のバーテンダーにいきなり辞められて途方に暮れていたとき、常連の横川から紹介されたバイト学生だった。

人気アイドルグループの誰それに似ているとかで、彼が来てから、若い女性客が俄《にわ》かに増えたくらいだ。今どきのアイドルグループのことなど何も知らなかったが、いかにも若い女の子が騒ぎそうな彫りの深い甘いマスクをしていた。

「怨霊のことですよ」

菅野博美はやけに明るい声であっさりと答えた。

「きみが言うと、怨霊が音量に聞こえるな」

横川が独りごとのように呟《つぶや》く。

「怨霊だけじゃ分からないよ」

横川がそう言うと、

「怨霊ってのは、人に取り憑《つ》いて祟《たた》りをなす霊のことです。死んだ人の怨霊が死霊。で、生きている人の怨霊を生霊って言うんです」

菅野は教科書でも読むようにスラスラと答えた。

「へえ」

しかし、そう説明されても、今ひとつピンとこなかった。

「ママ、源氏物語って、読んだことない？」

横川が話題を変えるようにたずねた。

「あの紫式部の？」

「そう」

「若い頃にほんのチョッピリなら。それも現代語訳のですけど」

国文学の専門家の前でつまらぬ見栄を張っても仕様がないので、私は正直に答えた。

「あの中に、この生霊の話が出てくるんだよ」

そう言われても思い出せない。

「菅野君、あれは何巻の、どんな話だったたっけ？」

横川はまた菅野に話を振った。

「夕顔の方ですか、それとも葵《あおい》の方？」

菅野はちょっと考えるような顔で横川にたずねた。

「葵の方」

「おぼえてるなら、自分で話せばいいのに」

菅野は仏頂面をした。

「きみの説明が聞きたいんだよ」

「光源氏の正妻にあたる葵の上に、六条御息所《ろくじょうのみやすんどころ》の生霊が取り憑くんです」

「おい、おい」

横川が情けなさそうな声をあげた。

「いきなり結論から話すなよ。話をするときはな、起承転結と言ってな、もう少しメリハリをもたせて、もったいぶって話すもんだ」

「もったいぶれと言われても――」

菅野は困ったように頭を掻いた。

「これだから今時の若者は困るね。ケータイなんかで安直にアイラブユーなんてやってるから、話の仕方も知らない。たとえばさ、まずは車争いの所から話したら？」

「ああ、そうか。葵祭りのときにですね、この二人が車争いをするんですよ」

菅野がそう言い直した。

「この二人って？」

横川が聞き返す。

「だから、葵の上と御息所ですよ」

他に誰がいるんだという顔で、菅野。

「ところで、その御息所って誰なんだ」

「だから、源氏のあまたいる愛人の一人ですよ」

「それに、車争いって何だ。カーチェイスでもしたのか」

「いやだな。当時の車って言ったら、牛車《ぎっしゃ》に決まってるじゃないですか」

「あのな、おれにじゃなくて、ママさんに説明してることを忘れるなよ」

「あ、そうか。エート」

菅野はどこまで話したっけというように、天井を見た。

「この二人が車争いをするんですよ。祭りの行列だかに参加する源氏の晴れすがたを一目見ようと来ていた六条御息所の車を、あとから来た葵の上の車が権勢を笠にきて蹴散らそうとしたので、六条御息所はいたく自尊心を傷付けられてしまったんです。それでなくても、日ごろから源氏の心が自分から遠のいたことを恨みに思っていたところへ、葵の上が懐妊したと知ってうつうつとしていた御息所は、この車争いをきっかけに、葵の上憎しの気持ちが抑え切れなくなってしまうんですね。

やがて、葵の上の出産の日が近付くにつれて、葵の上は得体の知れない物の怪《け》に悩まされるようになるんです。その物の怪の中でも一番しつこかったのが、御息所の生霊だったんです。御息所も知らないうちに、魂だけが抜け出て、葵の上の寝床に出掛けて行っては、様々な恨み事を言ったり、あげくの果てには、憎いと言って打ちかかったりする。結局、葵の上は男の子を無事出産するんですが、自分の方は、御息所の生霊に取り殺されたような形で死んでしまうんです」

「紫式部が聞いたら、とほほと嘆きそうな説明だが、分かりましたか」

横川がものうげな口調で言った。菅野は試験を受けたあとのような顔で、額の汗を拭いている。

「そういえば、そんな話を読んだような……」

うろおぼえだが、かすかにおぼえていた。

「で、話を元に戻すと、この生霊なるものが、この世に本当にあると思うかって、ママに聞いたんだよ」

「でも、源氏物語というのは、小説なんでしょう。いくら昔でも、実際にはそんな話――」

私は考えこみながら言った。

「フィクションといえばフィクションだが、全くの絵空事というわけではなくて、当時の世相をかなり反映しているんだ。当時の人は、死霊とか生霊とかの存在を本当に信じていたらしいね」

横川はまじめな顔でそう答える。

「だけど、いくらなんでも、現代にそんな話が――」

私が笑いかけると、横川はまじめな顔のまま首を振った。

「いや、それが現代にも起きたんだ。生霊騒ぎが」

「え」

私と菅野が同時に言った。

「それもおれの身の回りで」

横川はやや声を潜めた。客といえば、横川ただ一人だったが、誰かに聞かれるのをはばかるような声の潜めようだった。

「横川さんの身の回りで？」

私もつい声を潜めてたずねた。

「おれの姪っこのことは知ってるだろ」

横川はそう言った。

「姪っこって、聡子ちゃん？」

たしか、横川の亡くなった兄の娘が聡子と言って、今年、高校二年になると聞いたことがある。

「そう。この聡子なんだよ」

横川は私の顔を見詰めたまま、うなずいた。

「聡子ちゃんがどうかしたの」

「聡子の生霊がね」

横川は神妙な面持ちで言った。

「同級生を取り殺そうとしたというんだよ」

＊

「あの聡子ちゃんが？」

信じられないというような顔で声をあげたのは菅野博美だった。

「あの聡子がだよ」

「嘘でしょう。あんな明るい子が――」

「あら、菅野君、聡子ちゃんのこと、知ってるの」

私がたずねると、

「ええ、まあ。前に家庭教師を半年ほどしたことがありますから。明るくて性格の良い子ですよ。とても、同級生を取り殺すなんて風には――」

「そうなんだよ。おれも義姉《あね》から話を聞いたときには俄かに信じられなかったんだが――」

横川も言った。彼が義姉にあたる横川照子からその話を聞いたのは、四、五日ほど前だという。

「その夜、義姉はちょっと体の具合が良くなかったので、いつもより早めに帰宅したらしいんだ――」

前に聞いた話では、横川の義姉は、七年ほど前に夫に先だたれてから、保険のセールスをして生計をたてているということだった。

「もっとも早いといっても、夜の八時はすぎていたらしいが。いつもは、接待やら何やらで午前様が普通だったらしいんだよ。帰ってきて、二階の窓を見ると、聡子の勉強部屋に明かりがついている。定期試験が間近に迫っていたので、頑張っているんだなと思い、途中でショートケーキを買ってきたので、聡子と一緒に食べようと、二階の娘の部屋をノックした。

しかし、聡子はすぐに返事をしなかった。さらにノックしてドアを開けようとしたが、鍵がかかっている。照子は、聡子が居眠りでもしているのかと思って、もう一度強くノックして娘の名前を呼んだ。すると、ようやく返事があった。『寝てたの』と訊くと、『うん、ちょっと』と言う。『ケーキ買ってきたから一緒に食べない？』と誘うと、『うん。すぐに行く』と聡子はドアごしに答えた。

下におりて、紅茶をいれて待っていると、しばらくして聡子がおりてきた。なんとなく様子が変だった。心ここにあらずという顔をしている。顔色もひどく悪い。大好物のケーキを見ても嬉しそうな顔もせず、魂を奪われたようなボンヤリとした顔をしている。

そのうち、義姉は妙なことに気が付いたというんだよ」

横川はそう言って、薄気味悪そうな目で私の方を見た。

「妙なことって？」

私は思わずたずねた。

「髪の毛が」

横川はつと片手をあげて、私の肩のあたりを指さした。

「ついていたって言うんだ……」

「え」

私は反射的に肩のあたりを手で払った。私の肩に髪の毛がついていると言われたような気がしたからだ。

「ママの肩じゃないよ」

横川が言った。

「聡子の肩にだよ」

「聡子ちゃんの髪の毛じゃないの」

「それが違うっていうんだ。聡子はショートカットにしていた。肩についていたのは、もっと長い、ロングヘアだったらしい。義姉はそれをつまみあげて、聡子に聞いた。誰か友達でも遊びにきたのかって。そうでもなければ、そんな長い髪が聡子の肩につくわけがない。昼間、学校でというのは考えられない。聡子の通っている学校は制服だからね。そのとき、聡子は私服を着ていた。聡子は、『誰も来なかった』と答えた。しかし、誰も来ないのに、そんなロングヘアが肩につくはずがない。義姉はそう思って、なおも問いただしたんだそうだ。そうしたら――」

「そうしたら？」

「返事に窮したように黙りこくっていた聡子が、突然泣き出して、『これは梶原さんの髪の毛かもしれない』と言い出したんだ」

「誰なの、そのかじわらさんって？」

「聡子の同級生だよ」

「でも、誰も来なかったんでしょ？　どうして、その同級生の髪の毛がつくのよ？」

「義姉も同じことを聡子に聞いたらしい。すると、聡子は、自分の方から行ったというんだ。その梶原という同級生のうちに」

「……」

「しかも、母親にドアを強くノックされて名前を呼ばれるまで、その梶原という同級生の部屋の中にいたというんだよ」

「え、どういうこと」

「聡子の言うには、義姉が帰ってくるまで、試験勉強に疲れて、ベッドの上で仮眠を取っていたらしい。それがはっと気が付くと、自分の部屋ではない所にいたというんだ。ロングヘアの女の子が自分に背中を向けて机に向かっている。それが梶原という同級生だと聡子には分かった。聡子はボンヤリと彼女の後ろ姿を見ていたが、そのうち、急に彼女が憎らしくなって、後ろからそっと近付くと、首を絞めようとした。梶原という子はもがいた。そのときに彼女の髪の毛が自分の服についたんじゃないかと――」

「……」

「つまりね、聡子の生霊が抜け出して、梶原という生徒の家にまで行っていたというんだ。義姉に部屋のドアをノックされたショックで、抜け出していた生霊が戻ってきたというわけさ」

「でも、どうして。どうして、聡子ちゃん、同級生の首を絞めようとしたの」

「梶原という生徒は、聡子のライバルだったんだよ。しかも、どうしても抜くことのできない強敵だったらしい。聡子は学校の成績はかなり良くて、今全校で二番なんだそうだが、どんなに頑張っても一番にはなれない。それというのも、その梶原という子がいるせいだと思いこんだようだ。その夜も、試験勉強が思うようにはかどらず、このままではまた梶原という同級生に負けてしまうと思い悩み、そのことばかりをうつうつと考えているうちに――」

「六条御息所のように生霊が抜け出たというわけ？」

「どうもそういうことらしい。聡子はうたた寝をして夢でも見たと思っていたようだが、肩に自分のものではない髪の毛がついていたので、あれがただの夢ではなかったことに気がついたというんだ。しかも、これがはじめてではなかったらしい。前にも二度ほどあったというのだ。そのときも、やはり、目が覚めると、その梶原という生徒の部屋にいて、寝ている彼女の顔を見下ろしていたり、誰もいない部屋の中にポツンといたこともあったそうだ。夢にしては妙にリアルなんで、梶原という生徒にそれとなく聞いてみたら、彼女の部屋は、聡子が夢に見たものと全く同じだったというんだ。それで、聡子はすっかりパニックに陥ってしまった。梶原という生徒とは親友というほどではなかったが、別に仲が悪いわけでもなかった。それなのに、自分の心の奥底に、その同級生を殺してやりたいほど憎いと思う気持ちが潜んでいたことに気が付いて、ひどくショックを受けたようだった……」

＊

「でも、聡子の話を聞いて、もっとショックを受けたのが義姉だった――」

横川は続けた。

「娘の生霊が抜け出て同級生を襲うなんて、義姉としては俄《にわ》かに信じられる話ではなかったそうなんだが、聡子のどこか放心したような青ざめた顔を見ても、何かあったとしか思えない。そこで、真偽を確かめるために、梶原という生徒の家を聡子から聞き出すと、翌日、勤め帰りに訪ねてみたというんだ。

会ってみると、梶原という同級生は背中まで届くようなロングヘアの持主だった。しかも、聡子から聞いた話をそれとなくしてみると、彼女は強張《こわば》った表情になって、確かに昨日の八時すぎ頃、机に向かっていたら、後ろから誰かに首を絞められるような夢を見た、と言ったんだそうだ――」

「夢？」

私はつい口を挟んだ。

「そう。彼女はそれを夢だと思っていたらしい。机に向かって試験勉強をしているうちに、うたた寝をしてしまって、そのときに見た夢だとね。というのも、いきなり首を絞められて、もがきながら相手の手を払いのけ、後ろを振り返ると、誰もいなかったというのだから」

「……」

「それで、夢でも見たと思ったらしい。しかも、前にも似たようなことがあったと言うんだ。そのときは首を絞められたわけではなかったが、部屋に入ると、誰もいない部屋にそれまで誰かがいたような気配を感じたり、夜中に誰かにじっと見られているような気がして目を覚ましたり、と何かと奇妙な現象が起きていたと言うんだよ」

「それじゃ、聡子ちゃんの言ったことは夢でもでたらめでもなかったのね」

私は二の腕をさすりながら言った。なんとなくぞっとして鳥肌がたっていた。

「聡子の話を聞いたときには半信半疑だった義姉も、見るからにきまじめな優等生という感じの梶原という女生徒から同じ話を聞かされては信じないわけにもいかず、それでもこんなことが実際にあるのかと不思議に思って、おれの所に聞きに来たというわけなんだ。義姉も生霊という言葉くらいは知っていたらしい。そこで、おれは、さっき菅野がママにしたような話を義姉にしたのだが――」

「ねえ、ちょっと」

私は横川の話を遮《さえぎ》った。

「その生霊って、実体のあるものなの？ 目に見えたり、触ったりできるものなの？」

横川の話を聞いていて、どうもそこが釈然としなかった。聡子の肩に同級生の髪の毛がついていたというのは、聡子の魂が抜け出たというよりも、聡子の体そのものが瞬間移動でもして、その同級生の家に行ったということになるのではないだろうか。

「うーん。それがね、どうも曖昧《あいまい》なんだ」

横川の口調がそれこそ曖昧になった。

「曖昧って？」

「よく分からないんだよ。源氏にしても、どうもそのへんの記述が曖昧なのだ。葵の巻では、御息所の生霊そのものがドロンと現れたわけではないんだ。出産間近になった葵の上の苦しみようがただ事ではない、これは臨月で身も心も弱っているところへ物の怪《け》が付け込んできたのではないか、というんで、安産と物の怪調伏《ちょうぶく》のために、加持祈禱《かじきとう》が行われたんだが、このとき、葵の上に取り憑いていた物の怪は、ヨリマシという巫女《みこ》みたいなものに乗り移らせて、そのヨリマシの口から物の怪の正体を名乗らせたのだ。ところが、一つだけこのヨリマシにも乗り移らず、しつこく葵の上に取り憑いている霊があった——」

「その霊がどうして御息所だと分かったのよ」

「それがね、このへんが怪談じみていて怖いんだが、光源氏が床にうち伏していた葵の上と話をしている最中に、葵の上の様子が少しずつ変わってくるんだ。話すことも顔つきも御息所そっくりになるんだよ。それでめんめんと源氏に向かって恨み言を言うんだ。御息所の生霊は葵の上をヨリマシにして正体を現したんだよ」

「それじゃ、生霊というのは、そのヨリマシとかいうものを媒介にしなければ姿を現せないものなの」

「うん、まあね。当時の人は、生霊死霊にかかわらず、霊というものを、いわば青白い火の玉のようなものと考えていたらしいね。『もの思えば沢の蛍もわが身よりあくがれ出づる魂かとぞ見る』という和泉式部の歌にもあるくらいだ。青白く光る蛍のようなもの。それが人の霊であり、魂だと思われていたようだ。それが、強く誰かを恨んだり、愛したりすると、自分の意志や理性とは裏腹に、体から抜け出てさまよい歩く。だから、この魂が勝手に抜け出さないように、着物の下前の褄《つま》を結んだなんてことを歌った歌が幾つもある。ただ、霊は必ずしもヨリマシがいないと見えないのかというと、そうでもないみたいなんだ――」

「というと？」

「実は、さっき菅野が言いかけたんだが、源氏には、もう一つ生霊に襲われる女の話があるんだよ。襲われたのは、夕顔という、源氏の愛人の一人だったんだが、ハッキリ書かれてはいないが、どうも襲ったのは、やはりこの六条御息所の生霊だったらしいんだ。これは葵の上の生霊騒ぎが起こる前の話なんだけどね」

「御息所には前科があったってこと？」

「前科はいいね」

横川は苦笑した。

「まあ、確かに前科といえるだろうな。夕顔という女も、御息所の生霊に苦しめられて、あっけなく死んでしまうんだから」

「二人も取り殺してしまうなんて、その六条御息所という人、よっぽど嫉妬深かったのね」

「そう一言で言ってしまえるほど単純な話ではないんだが。この人の嫉妬は、そのへんの長屋のおかみさんたちの焼餅とは訳が違う。たんに色恋だけの話じゃなくて、複雑な政治的背景もあるし。考えてみれば、六条御息所という人も気の毒な人なんだ。教養とか才知という点では、あまたいる源氏の愛人のなかでも、ピカ一の存在だったたし、身分も高い。

亡くなった東宮のお妃だった人で、葵の上がいなかったら、源氏の正妻になってもおかしくないと言われたくらいの身分だった。だから、当然、自尊心も強い。それゆえの悲劇というか、理性が勝ちすぎて、もの凄くプライドが高いものだから、嫉妬をして取り乱すなんてことをとても恥ずかしいと思っている。しかも、この人は源氏よりも七、八歳年上なんだ。そういうことからくる羞恥心もあって、どうしても源氏との恋愛に素直になれない。理性で自分の感情を押え込んでしまおうとする。だから、その理性のたががはずれたとき、圧《お》し殺された感情がまさに火の玉みたいになって、ふらふらと抜け出てしまうんだ。いっそ、嫉妬をあらわにして、キー、グヤジーとばかりに相手につかみかかるような女だったら、生霊なんかに悩まされることはなかっただろうに、なまじ教養があって思慮深い性格だったばかりに――あれ、話が変なところに迷いこんでしまったな。何の話をしてたんだっけ」

「生霊というのはヨリマシがないと見えないものなのかって」

「ああ、そうだった。そうでもないんだ。夕顔の巻では、源氏は見ているんだ」

「見てるって、御息所の生霊を？」

「御息所とはハッキリ書いてないがね。話の前後からすると、どうやら御息所らしい女の姿をね。夕顔の家へ行って、一緒に寝ているときに、枕元に現れるんだよ。その女が。『いとをかしげなる女』としか書かれてはいないが、身分の高そうな美しい女ということだろう、それが、源氏の枕元に突然現れて、『わたしのようなものがいるのに、どうしてこんなつまらない女のもとに通って来るのだ』という意味の恨み言を言うんだ。この夕顔という女と知り合う前に、源氏はすでに御息所とは知り合っていたようだし、しかも、知り合った頃の熱心さはどこへやら、足が遠のきかけていたらしい。それを恨んだ御息所が生霊となって夢に現れたんだよ」

「夢？」

「そう。源氏はそれを夢として見たようなのだ。はっとして目が覚めると女の姿はなく、燭台の灯が消えている。あたりに漂う異様な気配で、物の怪が出たなと察する。つまり、ヨリマシがいなくても、夢という形で生霊は姿を現すらしい。一方、当の御息所も夢という形で、自分のしたことをボンヤリと認識しているんだ。夢の中で、葵の上が寝ている部屋に出掛けていっては、恨み言を言ったり打ったりしたことをね」

「夢……」

私は呟いた。ふと、私の胸にある記憶が突然蘇《よみがえ》った。

「そういえば、聡子ちゃんも、その梶原という同級生も、二人の間にあったでき事を、試験勉強中にうたた寝をしている間に見た夢だと思ったようだと言ってたわね」

突然ひらめいた記憶を頭の片すみに押しやって、そう言うと、横川は頷いた。

「だから、やはり、梶原という生徒の部屋に現れたのは、聡子の生霊だったのかもしれない、とおれは義姉に話した」

「でも」

私は首をひねった。まだよく分からない。

「抜け出たのが魂ならば、どうして相手の髪の毛が聡子ちゃんの体にくっついていたのかしら。同級生の髪の毛が、聡子ちゃんの魂とやらにくっついてきたのかしら」

思わずそう呟くと、横川は困ったように笑って、

「そのへんがちょっとね。理詰めで考えていくと妙な話になってしまうんだが。ただ、源氏の中でも似たようなくだりがある。こちらは髪の毛ではなくて、匂いだが」

「匂い？」

「芥子《けし》の匂いなんだよ。御息所の衣服や髪に芥子の匂いがしみついて洗っても消えない。不思議だと思っていると、どうやら、その芥子の匂いというのは、物の怪調伏のときに焚《た》かれた護摩《ごま》だと気がつくんだ。ということは、御息所の生霊がその護摩の焚かれる所にまぎれもなくいたという証拠であり、それまでは、自分のしたことを夢の中のできごとだとばかり思っていた御息所は、自分の知らない間に魂の抜け出ていく我身の気味悪さを思ってショックを受けるんだよ。

まあ、どちらにせよ、おれは、義姉の話を聞いて、聡子の生霊が抜け出て同級生を襲おうとしたというのは実際にあったことかもしれないと義姉に言った――」

「お義姉さんはそれを信じたの？」

「みたいだった。真っ青になっていたよ。聡子をそこまで追い詰めたのは自分の責任だと言ってね」

「というと？」

「聡子はもともとそんなに競争心の強い娘ではなかった。ライバルを蹴落としてまで一番になりたいと願うようなね。どちらかといえば、物事の勝敗にはあまり頓着《とんじゃく》しない、おっとりとしたところのある性格だった。性格は兄に似たんだ。でも、勝気な義姉としては、娘のそんなおっとりぶりが歯痒《はがゆ》くて、だいぶお尻をたたいたらしいんだ」

「お義姉さんは教育ママだったの」

「兄が亡くなるまではそうでもなかったんだけどね。義姉の気持ちも分からないではないんだ。兄に突然先だたれて、それまで専業主婦をしていた義姉は、まだ小さかった聡子と家のローンを抱えて途方に暮れた。家を買う頭金に使ってしまったので、蓄えもあまり残っていなかった。当然、義姉は働きにでたのだが、そうそう世間の水は甘くない。保険のセールスで成功するまでには、人には言えない辛酸をなめたらしい。それで、自分のした苦労を聡子にはさせたくないと思ったんだろう。いずれ結婚するにせよしないにせよ、とにかく聡子を経済的に独立できる人間に育てようと決心したんだ。自分の口くらい自分で養っていける女にね。それには、まずそれなりの勉強をさせて一流大学に入れ、高い学歴をつけさせる必要がある。そう義姉は思い込んだ。そこで突如、教育ママゴンに大変身というわけさ。

聡子の方も、母親の苦労を見て育ったから、それが母親を喜ばせるならと頑張った。頑張れば成績はあがる。そうなると義姉の方も欲が出てくる。もっともっとと鞭《むち》を振るって、全校で二番というところまでこぎつけた。ところが、最後の砦がなかなか落とせない。一番の生徒がズバ抜けていて、聡子がどんなに頑張っても追い抜くことができない。

それでも、母親は鞭を振るい続ける。あたしだって保険のセールスをはじめた頃は全く契約が取れなくて泣いた日が一度や二度じゃなかった。それが、今では努力の甲斐あって、トップセールスレディとして全国大会で表彰までされるようになった。人間、頑張れば何でもできるものなのよ。だから、あなたももっと頑張りなさい。そう言って、義姉は聡子にアイの鞭を振るい続けた。しかしねえ、頑張れといってもものには限度がある。聡子は自分の限界に達しかけていた。

そして、とうとう、聡子の精神のバランスが崩れてしまった。心の奥底で、自分の前に立ちはだかる梶原という生徒に殺意さえ抱くようになったのだ。その怨念が聡子の生霊を生み出した。それで、おれは義姉に言ったんだよ。このままでは大変なことになる。聡子の生霊はまた抜け出すかもしれない。そして、今度は本当に梶原という生徒を殺してしまうかもしれないって。義姉は震えあがった、どうしたらいいのって言うから、聡子の生霊が現れた原因を取り除いてやればいいって言ったんだ。つまりさ、聡子にもう頑張らなくてもいい。今のままで十分だと言ってやればいいってね。そうすれば、母親が満足してくれたことを知った聡子は、もう梶原という生徒を恨むこともなくなる。聡子は自分のためというより、母親を満足させたくて頑張ってきたんだ。だから、その母親の満足と称賛さえ得られれば、聡子の心は鎮まる。二度と生霊なんて出てこないだろうって」

「それで、お義姉さんはなんて？」

「納得したみたいだった。最初は娘のためを思ってしたことだったが、そのうち、つい自分の見栄で、聡子のお尻をたたくようになってしまったって言って、おおいに反省していたよ。まあ、怪我の功名とでもいうか、生霊騒ぎのおかげで、これからは聡子もほっと一息つけるんじゃないかな」

「そうだったの。結果的には、聡子ちゃんにとってはよかったことになるのね……」

私もほっとして言った。

「まあね」

「それにしても、本当に生霊なんて存在するのね」

私がそう呟くと、

「まさか」

横川道彦はケラケラ笑って言った。

「生霊なんているものか」

＊

私は自分の耳を疑った。

今、横川は何て言ったのだろう。

生霊なんているものか？

「生霊なんているものかって、それ、どういう意味？」

私はあぜんとして聞き返した。

「だからさ、言葉通りの意味だよ」

横川はニヤニヤしながら答えた。

「だ、だって、横川さん。お義姉さんには生霊はいるって言ったんでしょう？」

「義姉にはね」

横川はニヤニヤ笑いをおさめて言った。

「義姉に言ったことと、おれがそれを信じているということは別問題でね。今回の件に関しては、ああ言っておいた方が聡子のためにはなるだろうと思ったから、ああ言ったままだ。義姉はしっかりしてるように見えて、けっこうこの手の話には弱い人なんだ。前にも一度、霊感商法の手口にひっかかって、何十万もする印鑑だか壺だかを買ってしまったこともあるからね。大体、女性はこの手の話にコロリと騙されやすいようだな。うちの女房なんかも、いつだったか、マンション内に超能力者がいるなんて騒いでいたよ。

とにかく、義姉の教育ママゴンぶりには、おれとしても、日ごろから目にあまるものがあったから、この機会に大いに反省を促してやるのも悪くないと思ったのさ。それに、今回の件の真相を知ったら、あの義姉のことだから卒倒しかねないし。それで——」

「今回の件の真相って、それじゃ、真相は別にあるというの」

私は慌てて横川の話を遮った。

「当然だろ。なんだ。ママも生霊の仕業だと思ったのか」

横川は呆れたように私を見た。

「だって」

「菅野。きみはどうなんだ。さっきから黙って聞いているが、生霊なんて実際にいると思うか」

横川は菅野博美の方を見た。

「い、いや、ぼくは、なんとも」

菅野は困ったように頭を掻いた。

「一体どういうことなの。聡子ちゃんが同級生の首を絞めたというのは本当にあったことなの。それとも——」

「あれは狂言だよ」

横川はあっさりと言った。

「狂言？」

「義姉はあの二人にまんまと一杯食わされたのさ。聡子は梶原という生徒と口裏を合わせていたんだよ。おそらく義姉が話の裏を取るために梶原に会いに行くだろうと思った聡子は、その前に学校で梶原に事情を話し、彼女に協力を求めたのだろう。聡子は同級生の首なんか絞めなかったし、同級生の方も後ろから首なんか絞められなかった。そんな夢すら見なかった。義姉を騙すために二人で口裏を合わせただけだよ」

「どうして、そんな……」

「髪の毛だよ」

「髪の毛？」

「事の発端は、聡子の肩についていたロングヘアだった。義姉がその髪の毛に気が付いて不審に思ったのがきっかけだった」

「その髪の毛、梶原という同級生のものではなかったの」

「違うね。聡子はその髪の毛が誰のものか母親に言うことができなくて、咄嗟《とっさ》にあんな話をでっちあげたのさ。聡子に聞いてみたわけではないが、真相はそんなところだったのではないかとおれは思っている。それにしても頭の良い子だよ。咄嗟の苦し紛れとはいえ、生霊を持ち出してくるなんてね」

「それじゃ、誰の髪の毛だったの。聡子ちゃんの肩についていたのは？」

「見当がつかない？」

横川は人の悪そうな笑みを浮かべて、私を見た。

「ぜんぜん」

私はかぶりを振った。

「菅野。きみは？」

「ぼくも……」

菅野も曖昧に首を振る。

「なんだ。ちゃんとヒントは出しておいたのに」

横川はにやっと笑った。

「この生霊騒ぎはね、義姉がいつもより早く帰ってきた日に起きたんだ。もし、義姉がいつも通り午前様だったら、こんな騒ぎは起きなかったと思うね。こう言えば分かるだろう？」

「……」

私も菅野も黙ったままだった。

「まだ分からない？」

横川は苦笑いしながら、私と菅野の顔を見較べた。

「しょうがないな。それじゃ、結論から言おう。聡子の肩についていた髪の毛はね、義姉が帰ってきたとき、聡子の部屋にいた人物の頭から抜け落ちたものだったんだよ」

「聡子ちゃんの部屋にいた？」

　私はびっくりして聞き返した。

「おそらくね。義姉が帰ってきたとき、二階の聡子の部屋にはもう一人いたんだ。だから、聡子は義姉にドアをノックされても、すぐに返事ができなかったんだよ。さぞびっくりしたことだろう。母親の帰宅がいつもよりずっと早かったのだからね」

「まさか、その部屋にいたというのは」

「隠したところをみると、母親に紹介できるような相手ではなかったってことになるね。つまり、ただの女友達とかではなかった。女友達ならば、なにも隠すことはないし、玄関に靴が脱いであるはずだから、帰ってきたとき、義姉が気が付いただろう。義姉が気が付かなかったところを見ると、その訪問者の靴は下駄箱の中にでもしまってあったか、あるいは、訪問者が靴を持ったままあがってきたかのどちらかだ。と考えれば、この訪問者の正体がそれとなく見当がつくじゃないか」

「そ、それじゃ、聡子ちゃんの肩についていた髪の毛というのは、女友達のものではなくて――」

「そう。男友達のものだったのさ」

「男でもロングヘアの持主というのは少なくないからね。長いからと言って、それが女の髪だったとは限らない。状況から考えると、むしろ、それは男の髪だったんじゃないかと推理できるわけだ」

*

あぜんとしている私を尻目に、横川は話を続けた。

「母親の帰りがいつもはもっと遅いことを知っていた聡子は、その夜、その男友達をこっそり部屋に引き入れたのだろう。それでも、万が一を思って、靴は下駄箱に入れておいたか、あるいは持って二階にあがらせたに違いない。ところが、その万が一のことが起こってしまった。母親が早く帰ってきてしまったのだ。全く予想していなかったわけではないとはいえ、聡子もその男友達もさぞ慌てただろう。聡子は男友達を二階の窓から逃がすか、あるいは、部屋に隠したまま、下におりてきた。そのときの聡子の顔が青ざめて、放心状態のように見えたのは、そういう事情だったからだよ。しかも、母親に男の髪の毛を見付けられてしまった。咄嗟《とっさ》の言い訳に困った聡子の頭にひらめいたのが、件《くだん》の生霊話だ。聡子はけっこう読書家だから、源氏物語くらい現代語訳で読んでいたかもしれないし、何かで生霊の話を読んで知っていたのだろう。母親がこの手の話には弱いことも聡子は知っていた。それに、梶原という生徒がロングヘアの持主だったというのも、こんな話を思い付くきっかけになったのかもしれないな。

結局、聡子にとってはそれこそ怪我の功名、咄嗟についた自分の嘘のおかげで、母親のアイの鞭から解放されたわけだからな。頭の良い子だから、案外、そこまで考えてあんな嘘をついたのかもしれないが」

「なあんだ、そういうことだったの……」

私は拍子抜けした思いで言った。たしかに、生霊云々という話よりは、こちらの方がはるかに現実的ではある。

「でも、もしそれが真相だとすると、別の心配が出てくるわね」

ふと思い付いて、私は言った。

「その男友達って、聡子ちゃんとどの程度の関係だったのかしら。親の留守を狙って、こっそり訪ねてくるくらいだから、ただの友達とは思えないんだけど――」

「そうなんだよ。おれも実は、それがちょっと気になってね。聡子の肩にその男の髪の毛がついていたというのも、ただ向かい合っておしゃべりしているだけなら、相手の髪がくっつくなんてことはないだろうしね。ということは、その男と聡子は、とつい下司《げす》の勘ぐりをしてしまうじゃないか。最近は、高校生が妊娠したという話も珍しくはないからな。生霊なんぞよりも、おれにはこっちの方がよっぽど心配だ」

「でも、聡子ちゃんが通っているのは女子校でしょう？　学校の友達って線はないわね」

「うん、それはない」

「とすると、他校の生徒かしら」

「ところで、この店の定休日はいつだったっけ」

突然、横川が全く関係ないことを言った。

「え」

「定休日だよ」

「月曜日だけど、それが何か？」

「ふうん。それは偶然だな。この生霊騒ぎが起きたのも月曜日だったんだよ」

「……」

私はある疑惑にとらわれた。

「これはただの偶然の一致かな。この店が定休日のときに、あの生霊騒ぎが起きたというのは。いや、これはむしろ逆に考えるべきではないかな。この店が休みだったからこそ、あの生霊騒ぎが起きた、とね。そうは思わないか」

そう言って、さきほどから妙にそわそわしながら、しきりにメッシュの入った長髪をかきあげていたバーテンの方を見た。

「え、菅野」

「は？」

＊

菅野博美がぎょっとしたような顔をした。

「は、じゃないよ。あの夜、聡子の部屋にいたのは、菅野、おまえだろう？」

横川はじろりと教え子の顔を睨みつけた。

「い、いや、ぼくは――」

菅野はしどろもどろになった。

「おまえじゃないのか」

「いや、たぶん、ぼくです……」

蚊の鳴くような声で答える。

「何がたぶんだ。やっぱり、おまえか。そんなことじゃないかと思った。聡子はおまえが似てると言われてるアイドルのファンだし、聡子が中学三年のときに、おまえはあいつの家庭教師をしたことがあったからな。接点はある。まさかと思ったんだが」

「で、でも何もしてませんよ、ぼくは」

菅野は慌てて言った。

「何もしてないのに、なんでおまえの髪の毛が聡子の肩にくっつくんだ」

「あ、あれは、まあ、ちょっと」

「ちょっと、なんだ」

「ちょっと、だけですよ。それ以上は何もしてません。というか、そうなる前に、彼女のお母さんが帰ってきてしまったので——」

「おまえ、聡子のこと、どう思ってるんだ」

横川が猫撫《な》で声でたずねた。

「どう思うって、べつに」

「将来のこととか考えてるんだろうな」

「将来のこと？」

「もちろん結婚だよ」

「とんでもない」

菅野はつい口が滑ったというように声を張り上げた。

「とんでもない？」

「あ、いや、そこまでは」

「そこまで考えずに、ああいうことをするのか」

「ちょっと待ってくださいよ。誘ってきたのは聡子ちゃんの方ですよ。試験勉強で分からないところがあるから教えてくれって電話かけてきたから——」

「それでウハウハ喜んで出掛けて行ったというのか」

「別にウハウハなんて」

「それじゃ、靴はどうしたんだ」

「は」

「靴はどこへ脱いだんだ」

「あ、えーと、それは、そのまま手に持って――」

「手に持って？　なんでお勉強教えに行くのに、手に靴持ってあがるんだ」

「……」

「さっき言ったことは本当だろうな」

「何ですか」

「聡子には何もしてないって」

「あ、はい、あれは本当です」

「それじゃ、これからも何もするな」

「……」

「永久に何もするな」

「……」

「なに、黙ってるんだよ」

「あ……」

「おまえは目開けて居眠りするのか」

「起きてます」

「じゃ、誓え。聡子には二度と手を出さないって」

「ぼくの方が手を出したわけじゃないって言ってるのに……」

菅野はぶつぶつ独り言を言った。

「誓わないなら、国文学概論の単位やらねえぞ。そうしたら、おまえ、また留年だぞ」

「ち、誓います」

菅野博美は慌てふためいて片手をあげた。

＊

「ねえ、菅野君」

ボックスの客が帰ったあとのテーブルを片付けていた菅野に私は声をかけた。

「何ですか」

菅野は顔だけこちらに向けた。

「生霊って」

少しためらいながら言う。

「本当にいるのかしら」

「厭だな。またその話ですか。もう勘弁してくださいよ」

菅野は閉口したような顔になった。一時間ほど前にようやくみこしをあげて帰って行った横川にさんざんいじめられたあとだった。

「そうじゃないの。聡子ちゃんの話じゃなくて——」

私は煙草を取り出すと、それに火をつけた。

「一般論として、よ」

「どうかな。ぼくはその手の話はあまり信じない方なんですよ」

「でもね、横川さんの話を聞いているうちに、私、思い出したことがあるのよ。ああ、もしかしたら、あれが生霊というものだったんじゃないかなって」

「え。ママには経験があるんですか」

菅野は目を丸くした。

「あ、いえ、私じゃなくて、私の知っている人の話なんだけれど——」

「なんだ」

「彼女はそれをずっとリアルな夢だと思っていたみたいなのね。でも、あれが生霊というものだったんじゃないかしら……」

「何があったんですか」

菅野は興味を持ったような顔つきでカウンターまで来ると、スツールの一つに腰かけた。

「その人ね、昔、鎌倉に住んでいたんだけれど——」

「ママも鎌倉の出身でしたよね」

「え、ええ。だから、たまたま同郷と分かって親しくなったのよ。彼女、若い頃に、夫も子供もいたのに、ほんの出来心で、その頃習っていた長唄の会で知り合った妻子持ちの男と駆落ちしてしまったのよ」

「へえ」

「ああいうのを魔がさすって言うのかしら。何不自由のない生活をしていたのに、ふっと別の人生を送ってみたくなったのね。でも、駆落ちはしたものの、結局、その男性とはうまくいかなくなって、半年足らずで別れてしまったの。恋愛なんて憑《つ》きものみたいなものだから、その憑きものが落ちて、ようやく彼女は正気に戻った。正気に戻って、自分が何を失ったのかはじめて分かった。うちへ帰りたいと思った。ただ、いっときの情熱に押し流されて身勝手なことをした手前、どの面さげて帰れると思う？　しかも、そのときには既に離婚届を夫宛に送ってしまっていたんですって。帰りたくても帰れない。でも帰りたい。ひとめ子供の顔を見たい。そう思って悶々《もんもん》としているうちに、ある夜、夢を見たというのよ」

　菅野は片肘《ひじ》をカウンターにつき、片手であごを支えて聞いていた。

「家を出たときと同じ恰好をして、スーツケースをさげて、鎌倉の家に帰る夢を」

「……」

「彼女は夢を見ながら、それが夢だと分かっていたらしいのね。懐かしい鎌倉の家に戻ってみると、庭の桜の木に花が咲いていたというのよ。秋だというのに。それを見て、ああこれはヤッパリ夢なんだと思ったというの。家を出てきたときが春で、桜の花が満開に咲いていたから、その記憶がこんな夢を見させるんだって。どうせ夢なんだからいいやと思って、彼女は玄関を開けて中に入ろうとしたんですって。だけど三和土《たたき》からは一歩も中には入れなかった――」

「なぜです」

「サンダルが――赤いサンダルが脱いであったから」

「サンダル？」

菅野は怪訝そうな顔をした。

「彼女はその赤いサンダルに見覚えがあったのよ。もちろん、彼女のものではなかった。彼女には八歳になる娘がいたんだけれど、娘のものでもない。大人のサンダルだった。彼女にはすぐに分かったの。それが、いとこのものだって。彼女が捨てた子供たち――彼女にはもう一人男の子がいたのよ――の面倒を見るために、いとこが来てるんだなって分かった。そう思った途端、金縛りにあったように、それ以上、足が前に動かなくなったというの。赤いサンダルがまるで魔物を寄せ付けない呪《まじな》いのお札みたいに、中に入ろうとする彼女の足を止めてしまった――」

私は中ほどまで喫《す》った煙草を灰皿の上で揉み消した。

「それで、結局、彼女は玄関より中には入れなかった。それでも、自分が戻ってきたことを、夫や子供たちに知らせたくて、そのとき着ていたコートを脱ぐと、それを玄関に置いて出てきた。そこで夢から覚めたというのよ。目が覚めたとき、彼女はその頃住んでいたある地方の小さなアパートの一室にいた……」

「それが生霊だったって言うんですか」

「今から考えるとね」

「ただの夢だったんじゃないのかなあ」

「でもね、夢にしてはあまりにも生々しいリアルな印象があったというの。それで、まさかと思って、箪笥の中を調べてみたというのよ。そうしたら、どこを探してもなかったの」

「なかったって?」

「コートが」

「……」

「道行襟《みちゆきえり》のついた和服用のコートよ。紫の。夢の中で鎌倉の家に置いてきた、それがなかったのよ。どこにも」

「……」

「ただの夢ならば、どうしてコートがなくなっていたのかしら」

「でも」と菅野は唇をなめて何か言いかけた。

「それから、しばらくして、彼女は、夫がいとこと再婚したという話を風の便りに聞いたというの。そのとき、思ったんですって。あの夢は正夢だったんだなって。それで、ようやく踏ん切りがついて、独りで生きていこうと腹を決めたというのよ……」

「で、今、どうしてるんですか」

「彼女？」

「ええ」

「私と同じように水商売に入って、なんとか店一軒持てるようになったらしいわ」

「鎌倉の家にはそれきり戻らず？」

「戻れるわけがないじゃないの」

　私は笑い声をたてた。自分でもぎょっとするような乾いた虚ろな声だった。

「彼女の場所にはもう別の女性がいるんですもの。帰ったところで、彼女の居場所はどこにもないんですもの……」

　私はそう呟いて、黙った。菅野も気詰まりな顔をして黙っていたが、はっとしたように私を見た。

「今の話、もしかしたら、ママの知り合いの話じゃなくて――」

　そう言いかけたとき、ドアがチャランと音をたてて開き、中年客が三人、雪崩《なだれ》こむように入ってきた。宴会か何かの流れらしく、三人とも既にできあがって、千鳥足だった。

おしぼりの用意をしている私に、頭にネクタイを巻き付けた客がいきなり言った。

「ママ、今そこで蛍をみたぜ、蛍」

「蛍？」

「ああ。蛍だよ。なあ、あれ、蛍だったよな」

上機嫌で連れに話しかけている。

「近くに小川があるから、そこから迷いこんできたのかもしれないわ」

私は言った。もう蛍の飛ぶ季節になったのかと思った。

「おい、吉田はどうした」

ネクタイの客がさきほど片付けたばかりのボックスの椅子にひっくりかえりながら、あたりをきょろきょろと見回した。

「まだ外で蛍見てるんじゃないか」

連れが答える。

「蛍なんて田舎で見て以来、何十年ぶりだとか言って感激してたから」

ふと、私もその迷い蛍を見てみたくなった。カウンターをくぐり抜けると、表に出てみた。

戸口の前に男が一人、ボンヤリと背中を向けて立っていた。さきほどの客の仲間らしい。

「蛍ですよ」

私に気付くと、そう言って、嬉しそうに宙を指さした。見ると、闇の中に微《かす》かな光を灯しながら、ふわふわと漂っているものがある。

蛍だった。

迷い蛍は、誰かの体から憧れ出た魂のように、ふわふわと、闇の中を心ぼそげにさまよっていたが、やがて、ふっと、夜の吐息に吹き消されたように見えなくなった。

文庫版あとがき

これらの短編は、1994年から1995年にかけて、「小説中公」という月刊誌に発表したものです。「お告げ」と「逢ふを待つ間に」だけは、「小説中公」が廃刊だか、休刊になってしまったために、書き下ろしという形で付け加えました。一つ一つが読み切りの短編でありながら、最後まで読むと、全部つながるからアラ不思議という連作短編形式になっています。

「逢ふを待つ間に」を書いた頃、私はパソコン（第一号）を買ったばかりで、朝から晩までPCゲームにはまっていました。「タワー」とか「ミスト」とか。その中でも、とりわけ好きだったのが、ファンタジーRPGの草分けとも言われた「マイト&マジック」、通称「マイトマ」でした。

6から9までは日本語版でも発売され人気シリーズでしたが、その後、オンラインゲーム系におされて採算が採れなくなった（?）のか、噂によると、10作目が作られる予定はないそうです。寂しいですが、シリーズ物は続けば続くほどつまらなくなるという法則に例外はないようですから、この辺が潮時かもしれませんね。

一番泥臭くて、一番凝りまくっていて、一番苦労した6が一番好きでした。
ついでに書いておくと、この短編集、日本推理作家協会賞なる賞にノミネートされて結果は「該当作なし」の落選でした。今、読み返してみると、私が審査員でも落としたような気がするので、この結果には何の不満もありませんが、四回レンチャンでの「落選」だったので、当時はチョッピリ気落ちしたのを覚えています。

二〇〇六年一月

今邑　彩

解　説

千街晶之

いつ、どこで耳にしたのか、出典をちょっと思い出せない話で恐縮なのだが――自分と面識のある人間全員を一人目、その彼らの知り合い全員を二人目、更にその知り合い全員を三人目……とリレー式に辿《たど》っていった場合、自分から七人目までで、日本国民のほぼすべてをフォロー出来ることになるのだ、という話を聞いた覚えがある。

それが事実とすれば、今をときめくスターも、雲の上の存在とも言うべき政財界のトップも、たかだか自分から七人辿っていったところに存在することになる。そう考えると、何だか急に身近な存在に思えてくるような錯覚を感じないでもない。

同様に、世間を騒がせたさまざまな事件の被害者や加害者も、やはり自分から七人辿った人間関係の中にいるということになる。確かに、私の知り合いの知り合い（私とは直接面識はない）には、犯罪史に間違いなく残るような大事件の犠牲者がいるし、別の知り合いの知り合い（やはり面識はない）には、歴史年表に載ることは必定というほどの大事件の現場に居合わせて命拾いしたひとがいる。

そのような大事件など引き合いに出さずとも、実は意外と自分の身近なところにも、何らかの犯罪と縁を結んだひとがいるのかも知れない。いや、犯罪とまでは行かなくても、ちょっとした奇妙な出来事や、非日常的なトラブルや、不可解な謎などに、自分の身の回りの人間や、その知り合いたちが関わったことがある可能性は案外大きいのではないだろうか――。今邑彩の『つきまとわれて』は、そんなことをふと思わせる短篇集である。

本書は、《小説中公》一九九四年十一月号から翌年十月号にかけて掲載された連作に、「お告げ」「逢ふを待つ間に」を書き下ろしで追加して、一九九六年九月、中央公論社（現・中央公論新社）から刊行された。

本書は八つの短篇から成っているが、冒頭の「おまえが犯人だ」は、自分宛てに送られてきた毒入りチョコレートを妹が食べて死んだ――という悲劇に見舞われた漫画家が、彼女を死に至らしめた犯人を探ろうとする物語である。登場人物の数が極めて少ないため、真相を言い当てるのは一見簡単そうだが、案に相違して、読者の予想を逆手にとるようなどんでん返しが連続する。さながら「短篇ミステリはこう書け」というお手本のようだ。物語の構図が暗く反転する結末は、何とも苦い余韻を漂わせている。

さて、この「おまえが犯人だ」は、もちろん単独の作品としても優れたミステリなのだが、面白いことに次の「帰り花」には、「おまえが犯人だ」のある登場人物が再び顔を見せている（ただし、二つの物語は独立しており、両者で語られる事件そのものも互いに無関係である)。のみならず、それに続く六つの短篇も、それぞれ独立した物語であるにもかかわらず、前の作品の人物が何らかのかたちでリレー式に登場している。ここに本書の最大の特徴があるのだ。

収録されたひとつひとつの短篇は、いずれも完成度の高い仕上がりを示しているけれども、もし互いに完全に独立した話であったならば、扱われている事件の種類が多彩であるぶん、短篇集全体としてはやや散漫な印象は否めなかったかも知れない。それを思えば、連作仕立てにしたのは秀逸な工夫だったと言えよう。

はっきりシリーズものと銘打たれている場合はともかく、独立した小説同士の人間関係にリンクが存在する場合は、どうしても作品空間が歪《いびつ》な人工性を帯びがちなものである。だから本来ならば「それぞれ異なった事件の当事者が、こんなに近い人間関係にある筈がない」という違和感を読者に与えてしまう危険性もあるのに、本書の場合は逆に、登場人物の連鎖に不思議なリアリティが感じられる。私が本書を読んで、この解説の冒頭で紹介した話題を連想したのもそのせいだった。事件といっても殺人のような重犯罪は少なく、むしろちょっとしたトラブルや、日常に紛れ込んだ不思議な出来事を扱った作品の方が多いということが、そのリアリティを保証しているとも考えられる。第一話「おまえが犯人だ」のみは殺人事件の謎を真正面から扱っているけれども、それ以外の作品で描かれているのは、どれもさほど大きな事件ではない。幼い頃に家出した母親に纏《まつ》わるあり得ない記憶を辿る第二話「帰り花」、昔の恋人からの嫌がらせをめぐる顚末を描く第三話「つきまとわれて」、平成のロミオとジュリエットとも言うべき恋人たちを操る意外な策謀を扱った第四話「六月の花嫁」、ある絵画に隠された秘密に迫る第五話「吾子《あこ》の肖像」、マンションの住人たちの不幸を予言する超能力者のからくりを暴く第六話「お告げ」、電子ゲーム内での結婚生活の思いがけない結末を描いた異色作の第七話「逢ふを待つ間に」、生霊騒ぎを解き明かす第八話「生霊」……と、新聞の埋め草になるかどうかも怪しい、ささやかな事件ばかりである。

しかし、宝くじで一億円を当てたことのある人間がごく僅かしかいないのに対して一万円程度当てた人間なら結構多いように、大事件とは無縁であっても、それくらいのささやかな事件に関わりを持った経験のある人間は大勢いる筈だ。身近でスケールが小さな事件だからといって、それが当事者にとって深刻でないということはないし、ましてやそこに解けない謎が絡みついていたならば、いつまでも抜けない棘が齎《もたら》す痛みのように、心のどこかで意識し続けざるを得ないだろう。だからこそ、大事件ばかりでなく身近な謎にも、それを解決する探偵役が必要なのだ。

誰もがそれぞれに事情を抱え、厄介な謎と向かい合いながら生きている……。それは当たり前の事実である。しかし、改めて思い起こさなければ意識しないであろう事実でもある。私立探偵や刑事といった職業的探偵役ではなく、どこにでもいそうな市井の人々が自力で手掛かりを追い、謎を解き明かしてゆく本書は、読者にある種の励ましを与えてくれる作品でもあるだろう。観察眼を働かせ、知恵を生かすことさえ出来れば、誰もが名探偵になれるのだという意味で。もちろん、謎が解けたからといって必ず平穏が訪れるわけではなく、解けないままにしておいた方が良さそうな謎も存在するにせよ……。

収録作はそれぞれ、枚数に過不足なく見合った小気味良い仕上がりを見せている。深刻な愛憎や、複雑に入り組んだ人間関係を扱ったものもあるが、あっさりと描いているようでいて、しっかりとした重い手応えを感じさせるのは、揺るぎないデッサン力の賜物《たまもの》と言うべきだろう。個人的には、肖像画のタイトルから覚えた違和感から意外な真実が導き出される「吾子の肖像」や、浮き世離れした怪談に思いがけない方向からスマートな解決をつけてみせる「生霊」あたりがベストだと思うが、どれを評価するか、どれが好みに合うかは読者によって異なるに違いない。

あなたの身近なあのひとも、その知り合いも、そのまた更に知り合いも、それぞれに解けない謎を抱え、それを解き明かそうとしながら生きているのかも知れない。本書の登場人物たちがそうであるように……。

最後に、著者の経歴を簡単に記しておきたい。

今邑彩は一九五五年、長野県に生まれた。一九八九年、東京創元社の書き下ろしミステリ叢書「鮎川哲也と十三の謎」の最終巻「十三番目の椅子」に応募した『卍の殺人』で作家デビュー。その後、ダフネ・デュ・モーリアの名作『レベッカ』の本歌取りとして書かれた『ブラディ・ローズ』（別題『悪魔がここにいる』、一九九〇年）、貴島柊志刑事が探偵役として活躍する『i（アイ）　鏡に消えた殺人者』（一九九〇年）などの一連の長篇、スーパーナチュラルな要素を取り入れた妖美なゴシック・ミステリ『金雀枝《えにしだ》荘の殺人』（一九九三年）、アガサ・クリスティーの『そして誰もいなくなった』に見立てたかのような連続殺人事件が発生する『そして誰もいなくなる』（一九九三年）、ヒロインの過去を知る脅迫者の正体をめぐって二転三転する展開がスリリングな『七人の中にいる』（一九九四年）、サイコ・サスペンス調の『ルームメイト』（一九九七年）、伝奇趣味を前面に出した『蛇神』（一九九九年）などの「蛇神シリーズ」……といった、丁寧な仕上がりのミステリを立て続けに発表している。『時鐘《とけい》館の殺人』（一九九三年）、『盗まれて』（一九九五年）、『よもつひらさか』（一九九九年）などの短編集も、極めて高水準である。

デビュー以来コンスタントに作品を刊行してきた著者だが、「蛇神シリーズ」の『暗黒祭』（二〇〇三年）以降、しばらく新作の発表が途絶えているのは淋しい。先人の作品への敬意を籠めた本歌取りの技巧と、考え抜かれたトリックが満載された著者ならではのミステリをもっと読みたいと切望しているファンは多い筈である。今度はどんな作品で復活を遂げるのか、楽しみに待ちたい。

『つきまとわれて』　一九九六年九月　中央公論社刊

中公文庫

つきまとわれて

2006年 2 月25日　初版発行
2011年 5 月30日　4 刷発行

著　者　今《いま》 邑《むら》　彩《あや》

発行者　浅 海　保

発行所　中央公論新社
〒104-8320　東京都中央区京橋2-8-7
電話　販売 03-3563-1431　編集 03-3563-3692
URL http://www.chuko.co.jp/

ＤＴＰ　平面惑星
印　刷　大日本印刷（本文）
　　　　三晃印刷（カバー）
製　本　大日本印刷

Published by CHUOKORON-SHINSHA, INC.
Printed in Japan　ISBN4-12-204654-8 C1193

中公文庫既刊より

各書目の下段の数字はISBNコードです。978－4－12が省略してあります。

い-74-6
ルームメイト
今邑彩

失踪したルームメイトを追ううち、二重、三重生活を知る春海。彼女は、名前、化粧、嗜好までも変えて暮らしていた。呆然とする春海の前にルームメイトの死体が？

205679-5

い-74-7
そして誰もいなくなる
今邑彩

名門女子校演劇部によるクリスティー劇の上演中、連続殺人は幕を開けた。台本通りの順序と手段で殺される部員たち。真犯人はどこに？　戦慄の本格ミステリー。

205261-1

い-74-8
少女Aの殺人
今邑彩

深夜の人気ラジオで読まれた手紙は、ある少女が養父からの性的虐待を訴えたものだった。その直後、三人の該当者のうちひとりの養父が刺殺され……。

205338-0

い-74-9
七人の中にいる
今邑彩

ペンションオーナーの晶子のもとに、二一年前に起きた医者一家虐殺事件の復讐予告が届く。常連客のなかに殺人者が⁉　家族を守ることはできるのか。

205364-9

い-74-10
i《アイ》 鏡に消えた殺人者
警視庁捜査一課・貴島柊志
今邑彩

新人作家の殺害現場には、鏡に向かって消える足跡の血痕が。遺された原稿には、「鏡」にまつわる作家自身の恐怖が自伝的小説として書かれていた。傑作本格ミステリー。

205408-0

い-74-11
「裏窓」殺人事件
警視庁捜査一課・貴島柊志
今邑彩

自殺と見えた墜落死には、「裏窓」からの目撃者が。少女に迫る魔の手……。衝撃の密室トリックに貴島刑事が挑む！　本格推理＋怪奇の傑作シリーズ第二作。

205437-0

い-74-12
「死霊」殺人事件
警視庁捜査一課・貴島柊志
今邑彩

妻の殺害を巧妙にたくらむ男。その計画通りの方法で死体が発見されるが、現場には妻のほか、二人の男の死体があった。不可解な殺人に貴島刑事が挑む。

205463-9